外公的杂货店

〔土〕塞敏·雅萨尔 著

〔土〕梅尔特·图根 绘

王艳莉 译

人民文学出版社

PEOPLE'S LITERATURE PUBLISHING HOUSE

著作权合同登记号 图字 01-2020-1988

Dedemin BakkaLi
Copyright © Sermin Yasar
Copyright © TAZE Kitap
Copyright © Kalem Agency
The simplified Chinese translation rights arranged through Rightol Media

图书在版编目（CIP）数据

外公的杂货店 / (土) 塞敏·雅萨尔著；(土) 梅尔
特·图根绘；王艳莉译. -- 北京：人民文学出版社，
2021（2023.2重印）
　　ISBN 978-7-02-016247-5

　　Ⅰ.①外… Ⅱ.①塞… ②梅… ③王… Ⅲ.①儿童小
说 – 中篇小说 – 土耳其 – 现代 Ⅳ.①I374.84

中国版本图书馆 CIP 数据核字 (2020) 第 069322 号

责任编辑　朱卫净　张晓清
装帧设计　李苗苗

出版发行　人民文学出版社
社　　址　北京市朝内大街 166 号
邮政编码　100705
印　　刷　杭州钱江彩色印务有限公司
经　　销　全国新华书店等
字　　数　106 千字
开　　本　889 毫米 ×1194 毫米 1/32
印　　张　6.375
版　　次　2021 年 3 月北京第 1 版
印　　次　2023 年 2 月第 13 次印刷
书　　号　978-7-02-016247-5
定　　价　35.00 元

如有印装质量问题，请与本社图书销售中心调换。电话：010-65233595

（本书作者），1982 年出生，不过现在也还没长大，心性还跟小孩子一样。

最喜欢的事情包括：玩游戏、听童话故事、自己编故事、漫无目的地在街上瞎逛，以及做让大人头疼的事情。

最不喜欢的事情包括：巧克力断货了，被念叨要多穿衣服，聚精会神的时候突然有人喊吃晚饭，随便谁都可以定规矩，凡事都是大人说了算，大人永远是对的，等等。

最害怕的东西：蟑螂，还有皱着眉头的大人。

她的梦想：这个名单太长了，这里写不下。

她的孩子：图纳、梅特和纳美，还有她自己。

她的作品：《一言难尽当妈妈》《调皮爱玩儿的妈妈》《梦想太多的小孩》《游戏日历》《送给坏习惯的好主意》《家传魔法棒》《外公的杂货店》《狐狸故事》……

谨以本书

献给我的外公和爷爷

卡亚
杂货店

本书取材于真实生活。

不过呢，也可能不是。

可能这里有一点点真实，那里有一点点虚构。

所有人物都是杜撰的。

不过呢，也可能每个人都有原型。

我是说，书里的故事有些是真实的，有些是虚构的。可能我有点儿害怕，万一故事里人物的原型哪天读了这本书，然后发火了怎么办？所以呢，我要告诉大家，这是本小说，是虚构的。

估计你也明白，这些人肯定要指指点点。他们会说，"你怎么会把我写成那样？""在你眼里，我竟然是这样的吗？""我怎么不记得我说过那些事？"等等这种评论。

所以呢，我要先在此声明，本书纯属虚构。

没错儿！都是我编的！统统都是编的！跟他们没有任何关系。

真的，一丝一毫的关系都没有。

完全虚构。

千真万确！

怎么说呢，就说故事里这个小姑娘吧，怎么可能当上杂货店的学徒？！别开玩笑了！

你说对吧？

可不是嘛！

目 录

你长大以后要做什么？

　　跟你说，我亲爱的朋友，大人们最爱问小孩子这个问题。有太多太多大人不知道该跟小孩子说什么，于是他们就特别爱问小朋友这个问题，还有其他类似的问题。你最好早点儿适应，因为他们会一直问下去，直到满意为止。

　　这种大人根本不知道该怎么跟小孩子打交道。他们不知道该说什么，也不知道怎么跟小孩子聊天。

他们觉得自己是大人，懂很多，而我们这些孩子什么都不懂，还小呢。

这就是为什么他们从来不会真的关心**我们在想什么**，也从不跟我们聊天气多冷啊、冬天快来啦……类似这种话题。他们绝对不会告诉我们小孩子，他们有什么烦恼、有什么梦想、有什么困难、有什么成就、真正想做的工作是什么等等。不知为什么，他们认为小孩子听不懂这些。因此大人碰到小孩子，就只问些他们认为小孩子能明白的问题。我们小孩子也明白，有时候我们也要哄一哄大人，于是我们就乖乖地回答问题，其实答案有两个：一个是我们内心真正的想法，一个是大人想听的标准答案。

问题：学校怎么样？

标准答案：挺好。

内心答案：学校是一栋四层楼的建筑，整体感觉不错，环境挺好的。设计方面，有考虑学生的实际需要，不过要是走廊能再宽点儿，就更好了。

问题：你上几年级了？

标准答案：八年级。

内心答案：已经八年级了，我在这个地方待的时间可真不短。学校还行，反正也不是我们孩子付学费。我上的是公立学校，运气还算好，那些上私立学校的，每个月都要交一大笔钱。

问题：天哪！你真长大了不少，是不是每顿饭都吃很多？

标准答案：吃得不多。

内心答案：对！就是顿顿猛吃。吃得越多，长得越快！好好吃饭就能快快长大。我吃着吃着就会变成大人了。

问题：你长大以后要做什么？

标准答案：当医生。

内心答案：我哪儿知道？！上了高中以后，才需要开始考虑以后做什么工作的问题吧。人人都说要做自己喜欢的事情，可是我还不知道自己喜欢什么。所以只能慢慢琢磨，差不多这样？

问完这些个问题，对话基本就结束了。大人们问完最后这个问题，就不知道该再说什么，所以就不说了。对他们来说，这是大人与小孩子之间对话的终结问题，可是对我来说，却变成了头脑里挥之不去的一个疑问。

长大以后我要当医生吗？还是当工程师？虽然我也不知道工程师是干什么的……

　　或许当老师？不对，要当警察！当记者怎么样？或者成为球星？

　　歌星？哇，当歌星太酷了！要拍电影吗？哦，当个舞台剧演员也不错……或者当理发师怎么样？

　　啊，天哪！我长大了以后到底要做什么呢？

世界上最棒的职业！

　　既然大人都这么爱问**"你长大以后要做什么"**这个问题，而且碰到不认识的大人，差不多回回都要重新被问一次，那么我可得好好准备一下答案。

　　我需要找到最适合我的工作。

　　于是我开始观察身边的大人。

　　我做了一个表格，里面列举了以下内容：身边大人的具体工作、工作无聊的程度，以及他们对工作的喜爱程度，来帮助我做决定。

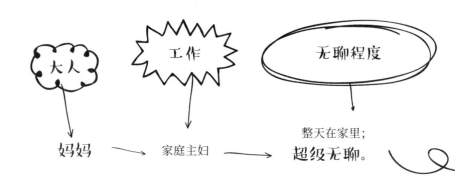

大人 | 工作 | 无聊程度

妈妈 → 家庭主妇 → 整天在家里；
超级无聊。

爸爸 → 工人 每天准时上下班；
超级无聊；太累。

叔叔 → 教师 年复一年重复同样的
内容；**毫无新意。**

菲克雷特叔叔 → 警察 工作**很精彩**，
但是安全**没保障**

爷爷 → 开咖啡馆 不错的工作，
自己开店，
大家来喝喝东西，
休息休息。

→ 杂货店老板

外公

一点儿都不无聊，整天人来人往。你爱吃什么就
吃什么，想什么时候吃就什么时候吃。店里卖的
玩具也可以玩儿，不用你付钱，反正这些玩具本
来也都是你的。顾客来了，想做他生意就做，看
不顺眼的就当没看见，这样一来，谁都会想跟你
做朋友。想关店就关，没人会来问你要去哪里。
坐在店里整天看报纸，这样你对天下大事就都了
如指掌了。

他们喜欢自己的工作吗？

收入情况

她自己都说她烦死当家庭主妇了，所以肯定是不喜欢。

不挣钱；
她只管操持家务。

总是抱怨说，
工作都快要了他的命。

我们过得不宽裕，只能勉强维持生活。

经常抱怨：
说学生都太难管了；不过一谈到工作，他总要强调自己是公务员。我觉得他这么说是因为不满意。

我猜**工资很少。**

估计跟教师叔叔差不多。

喜欢当警察，
但是**讨厌穿制服。**

收入不高。
每天要卖上几百杯茶才可以盈利，这不是赚钱的职业。

好玩吗？ 不好玩儿。
所有的活儿都是雇服务员在干。爷爷是一点儿也不沾手的，也不管给客人倒茶。

大把大把的钱。
收款机里总有满满的钞票。

肯定特别热爱自己的工作，要不怎么会每天都营业到晚上六点？要是不喜欢，肯定早关门回家睡觉了。

那天我做出了自己的决定。

我最想做的工作就是：

当杂货店老板！

五分钟后，我站在了外公面前。

等待根本没有意义。长大了以后再当杂货店老板固然不错，不过还没长大就已经当上杂货店老板，这才是人生的赢家。

"外公，我要当杂货店老板！**您店里需要学徒吗？**"

"学徒是需要的。不过你要来的话，得先通过考试。"

"您会做的事情我都会。商品的价格嘛，都有标签。我会问客人想要买什么，然后帮他们找到，把东西装到袋子里，再给他们找零钱，写收据，就好了，这些一点儿都不难！"

"你说得没错儿。确实挺容易的……这么说来，学徒也不用了，你马上就可以走马上任，当杂货店老板。"

"真的吗？我马上就能当杂货店老板？那我现在要做什么？"

"把店门口的地扫一扫吧。"外公说。

这可跟我想的不一样。我期待的情形原本是这样的：

他站起身，对我说："快过来孩子，我一直都在等这一天。我累啦，店里的事情就交给你了，我要退休了。"看来我的期待是落空了，外公只是递给我一把笤帚。

没关系。

我已经下定决心了。

就从最基本的工作做起好了。

我的外公，杂货店老板

　　外公的杂货店开在我们村里，不是那种你需要购物手推车的大超市。店不大，里外总共只有一间屋子。我已经想了一些翻新的计划，也许我们可以把店面扩大。如果事情都能顺利按我的计划来发展，可能过几年我们就能再加盖一层，把店做大。

　　店门口有三级台阶。进店前，你得在门口地上的纸板上蹭蹭鞋底，把鞋上的土啊泥啊都蹭干净。你可能会问："怎么没买一个门垫呢？"

首先，村子里很少有门垫。其次，如果买了门垫，每天还要把门垫洗干净。再次，每天拆包新商品，都会空出来至少三个纸箱。这些纸箱也要利用起来，我们把纸箱收到一起，放在后院的一个大袋子里。等需要门垫的时候，就去拿一个。

也有用不上的纸箱，就是特别小的那种，比如装口香糖、饼干和巧克力的。这种小纸箱哪儿都派不上用场，而且大纸箱已经够了。我们就把这些小纸箱撕开，然后烧掉。有一次撕纸箱的时候，我从一个纸箱里捡到了三块硬币，**整整三块！**

外公说硬币我可以留着，他说硬币出现在箱子完全是意外。在杂货店有时会碰到这种事情，我真是太开心了。

从那以后，我带着巨大的热情完成拆纸箱这项单调的工作，**希望能再捡到硬币**，可惜这样的好事再也没有发生过。是我运气用光了吗？还是我太粗心了？又或者硬币本来就是外公耍的小把戏？在箱子里放几块硬币，制造一点儿小意外，然后外孙女就会满怀热忱不停地找硬币，顺便把活也干完了。**真是不错的计谋！**

大人就是这样，永远有各种花招。我外公肯定在一边儿看着我，心里想："哈哈，你这个小傻瓜就这么乖乖上当了。你这么努力地撕纸箱，想捡到更多钱，呵呵呵。"外公的把戏已经被我看穿了，不过我是很孝顺的，而且出于作为学徒该有的礼貌，我沉默着没有吭气。我在一点点学习怎么应对大人。

那天我从店里买了一本笔记本，在本子上我写下：

如何应对大人：孩子需要注意的敏感事项。

然后我写下了第一篇：

第一篇

你可以时刻观察大人，观察他们各种欺负小孩子的行为。

但是千万不要尝试跟大人沟通，因为他们根本不会相信你。

你是一个孩子，所以就假装没看见。

就让大人自以为他们是世界上最聪明的人吧。

现在我来介绍一下**我的外公，杂货店老板**。有一天他可能会看到这本书，所以呢，我不得不有所保留。他中等身材，留着胡子，有点儿啤酒肚，人很可爱，非常非常可爱，心地善良，是特别棒的外公。我运气太好，才会有这么善解人意的外公。我希望他能看到这段，看看我是怎么写他的，希望他明白，对我来说，他是多么重要的亲人。

要是外公看到这儿，我希望他会注意到，我一点儿都没写他脾气有多差，平时有多烦人。也没写他对我**吹胡子瞪眼**，或者莫名其妙地吼我："你这孩子怎么这样？你到底像谁？"也没写有时候我正说话呢，他就瞪我一眼，让我闭嘴。外貌上，外公的眉毛和胡子最有特点，都很浓密。他兜里揣着一把梳子，没事儿就掏出来梳眉毛和胡子，那情形特别好笑，当然我只能偷着乐，不能给他看到。而且，我觉得外公会法术，因为他总是知道我在干什么，店里谁来了谁走了，他头也不抬，眼睛看着报纸，就都知道。**他肯定是有什么超能力！**

然后还有我爷爷，就

是开咖啡馆的，我时不时也会写到他。他在村里开了一间咖啡馆，从杂货店到咖啡馆，如果你跑的话，是九十步；如果你走着去，就是一百二十步。每天我两个店都会去，来回跑。

咖啡馆爷爷是个怪人。就算全世界都着火了，他也丝毫不会着急，仍旧优哉游哉地喝着茶，数着念珠，跟路过的人闲聊开玩笑。不过这也是我喜欢爷爷的原因。每次我跟杂货店外公生气了，就会跑来看咖啡馆爷爷。每次我眼泪汪汪地抱怨："你知道他今天又做了什么吗？"咖啡馆爷爷会立刻打断我，说："哎呀，别想了，都忘了吧，自己倒一杯果茶*喝吧！"

咖啡馆爷爷仿佛坚信，这世界上，没有什么是一杯果茶解决不了的问题。不过喝果茶确实有效果。我一口接一口喝着果茶，怒气也跟着慢慢消失了，不过要是我一辈子都要这样过下去，也不太妙。

---

* 果茶, 原名oralet, 是一种果味热饮, 20世纪60年代开始在土耳其流行起来。

我的工作时间

外公的杂货店每天早晨六点就开门。一开始，我以为这是因为外公无比热爱自己的工作，后来才发现，**完全不是这么回事儿！**

每天早晨六点，面包店会把当天的面包送到杂货店，所以外公必须得去店里开门。上班的第一周，我也每天早晨六点就站在杂货店门口。

"我的老天，你来这么早干什么？"

"什么叫'你这么早来干什么'？我不是你的学徒吗？我应该按照工作时间来上班呀。"我回答。

没多久，我不再坚持这种傻兮兮的行为了，因为顾客都是早上八点以后才来买东西。从六点到八点之间的两个小时，外公只是在沙发上打着呼噜睡大觉而已。

店里有一个装白糖的箱子，是灰色的，我们管这个箱子叫**糖箱**。顾客要买白糖的话，我们就从糖箱里舀一些白糖，装到口袋里，再给顾客。

外公占据了沙发，所以我只能坐在糖箱上。有时我会一边坐在糖箱上，一边发呆做白日梦。

在我的想象里，糖箱是有魔法的宝物，我把笑粉放在糖箱里卖给大家。买了笑粉的人，都会笑个不停，人们还会用笑粉做果汁，于是，在我的想象里，整个村子的人们都因为喝了笑粉果汁，发出**咯咯的笑声**。

不幸的是，我天马行空的想象老是被外公的鼾声打断，就连安静地做白日梦也做不到。

上班的头一周，我每天都一大早去，不过后来很快就不去那么早了。我每

天九点到店里，公务员都是九点上班，所以我也九点上班！

我跟外公在店里从早上一直坐到中午。不过中午一到，外公就会突然离开。

"有事找我的话，我在家。"他说完就走了。

怎么会有人想回家啊？老实说，我就一点儿都不想回家。我一点儿都不明白为什么大人那么爱待在家里，在外面游荡玩耍不是更好吗？

有一天，我把店关了，决定去看看外公每天中午都回家一个小时，到底在做什么呢？因为我真的很好奇。然而答案是……他在睡觉！我简直不能相信。他每天六点起床，只是开一下店门，之后就睡到八点，现在中午十二点又回家睡午觉。这些爱睡觉的大人我真是不能理解。估计要是能整天睡觉的话，他们一定求之不得吧。我可是一点儿也不想睡觉，要不是我妈每晚都念叨让我快点儿睡，我才不会乖乖上床躺下呢。

外公午觉睡到一点钟，然后起来去做礼拜，做完礼拜他会去咖啡馆，然后到杂货店里看一下，一边唠唠叨叨，一边做些事情。然后他又去做礼拜，又去咖啡馆，然后回到店里，又开始训我："**你为什么要那么干！**"没完没了。最后，下午五点左右，他会说："你可以回家啦。"

我对自己的工作时间挺满意，不过因为在店里吃了太多垃圾食品，我的胃可不怎么开心，现在一下子吃很多，我的胃还没习惯。其实我也劝过自己："放轻松点儿，这些好吃的都是你的，想吃多少都行，不用这么急，又没人来抢。"不过这些自我劝告都没什么效果，我坐在糖箱上，满脑子都是明天要吃什么。

我整天想着吃，所以每天只要外公一出门，我就开始狂吃零食。我会先吃糖吃到腻，然后会吃一些咸味儿的零食中和一下，咸的吃多了又会渴，于是我再喝一罐汽水，然后我回头再去吃糖，然后再吃咸的，然后再喝苏打水……

外公跟我妈说过我吃零食的事情。他说："她在店里吃了太多的零食，晚饭估计吃不下了。"我跟你说过，**他有法术**。我吃零食的时候他都不在，他怎么会知道我到底吃了多少呢？

以前我吃零食，吃完会把包装纸都扔在店里的垃圾桶里。后来有天我舅舅来了，他是外公的儿子，所以这个店他多少也算管得着。他一屁股坐在外公的沙发上，然后就瞅着垃圾桶。

"你这到底吃了多少零食啊！薯片、巧克力、威化饼干、汽水、口香糖、干果……"他说。

我竟然留下了这么多罪证，还一点儿都没注意到，那么外公肯定也是检查过垃圾桶的。从那以后，我把零食的包装纸都扔到杂货店门口的垃圾桶里，这样别人就不会知道我都吃了哪些东西了。

我把笔记本拿出来，记了简短的一条。这条太短了，不能算是一篇。

实际上，**我们这些孩子**都挺诚实的。都是因为大人，我们才不得不把东西藏起来，或者背着大人做些秘密的事情。**都是被大人们逼的，最后我们才变得跟他们一样糟糕**……

樱桃汽水

一家开在村里的杂货店，需要随时为村民提供**每一样**他们要用到的东西。杂货店的货品越齐全，顾客就越满意，服务也就越到位。不过你需要仔细关注顾客的需求，并不断努力满足这些需求。

杂货店一进门的右手边，有一个大柜子，是用来放薯片的。从前那个位置放的是一把凳子。我说的"从前"，是薯片还没被发明出来也没有人卖薯片的时候。那时有的顾客喜欢坐在凳子上，跟我们东拉西扯地闲聊……有的人太爱聊天了，一直坐着不走，我们还得给他们汽水喝。

等一下，等一下，你听明白了吗？

对，从前有那么一段光景，那时世上还不存在薯片这种

东西，孩子们也没有薯片吃。我猜他们大概只有饼干、口香糖和一些零食坚果。

然后薯片出现了，有各种口味、形状和大小，我们需要一个大柜子来装。于是凳子给搬走了，换成了装薯片的柜子。人们没地方坐了，我们也就不再请顾客喝汽水了。

那时候我们也不卖水，大家都是直接喝自来水的，若是有人路过讨口水喝的话（有时会有这种情况），我们就从水龙头接一杯水递过去。我们货架上饮料品种不多，只有汽水、果汁和矿泉水……**就这么几样！**

年轻人喜欢喝汽水，小孩子爱喝果汁，老年人喜欢矿泉水。

我刚开始上班的第一周，正好在夏天，天气很热。有一天，我正忙着理货，把一瓶瓶饮料放到柜子里，再把空瓶子放到一旁的盒子里。这时来了一个小孩，说要买瓶果汁。

"果汁你要桃、杏还是樱桃的？"我问。

"随便，都行。"他说。

"什么叫随便都行？你难道没长味蕾吗？"当然这话

我没有说出来，因为不能跟顾客闹不愉快。

"那就桃汁的吧。"说完我拿了一瓶给他。

这时萨利赫叔叔走了进来。

"给我一瓶胖泉水。"他说。

我一边大笑，一边拿了一瓶矿泉水给他。

你不可以说"萨利赫叔叔，您这笑话真是一点儿都不好笑，您还是自个儿留着吧"。就算顾客笑话很糟糕，你也不能这样说他，人家讲了笑话，你就要配合着笑，甚至还应该大大夸奖一番，说："胖泉水？胖泉水？矿泉水……多么巧妙的文字游戏呀，萨利赫叔叔！您真是太幽默啦，哈哈哈……"

不过我也不会过于奉承。如果笑话不错，我会哈哈大笑。如果很糟糕，**我就微微一笑，然后该干什么干什么**。

萨利赫叔叔买好东西走了，之后梅廷先生来了，他要买一瓶汽水，买了喝完也走了。年轻顾客就是好，他们自

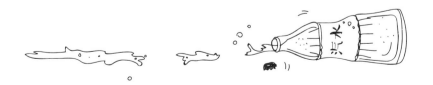

己能搞定很多事情，不用我们帮忙，我们在柜子旁边放了一个瓶起子，他们自己开瓶，喝完饮料还知道把空瓶放到盒子里。**一点儿都不用操心！**

梅廷走了以后，过了半个小时，哈蒂杰阿姨进来了。

"哎呀，太渴了，我该喝点儿什么呢？"她说。

拿不定主意的顾客……我怎么知道你应该喝什么？

"汽水吧。"我说。

"汽水的话有气泡，我喝不了有气泡的。"她说。

"那矿泉水吧。"我说。

"不喜欢，**我看起来那么老吗**？"她说。

"一点儿都不老！那么喝点果汁？"我问道。

"我要是想喝果汁的话，就自己在家兑点儿了。"她说。

她盯着货柜看了半天。

"那就给我来两斤糖，还有一袋面粉吧。"她说。

"进门的时候你嚷嚷渴，结果呢，现在却突然改主意要做**哈尔瓦酥糖**[*]了，哈蒂

---

*　哈尔瓦酥糖，原名halva，是中东、南亚、中亚、西亚等地区几种精致甜点的通称，主要成分为酥油、面粉和糖。

杰阿姨？""不是呢，亲爱的，我本来就是来买这些东西的。你这小孩儿可真逗！"她笑着说。

我哪里逗了？真搞不懂。不过我确实没有满足哈蒂杰阿姨的要求，这位口渴到不行却犹豫不决的中年女士，恐怕对我失望了。

她走了以后，我坐在糖箱上陷入了沉思：**如何让顾客满意，无疑是生意成功的关键。**不过我们却没有做到让哈蒂杰阿姨满意而归。确实有这样一类顾客，他们认为自己已经不那么年轻，所以喝汽水不合适了，可是呢又还不到喝矿泉水的年纪。难道我们只能让哈蒂杰阿姨这样的顾客失望吗？**他们需要属于自己年龄的饮料。**

　　那天我尝试把不同的饮料混在一起，当然我是等到外公做礼拜去了，才开始动手的，因为我知道，在找到最佳配方之前，肯定会消耗几瓶。等外公一出门，我就拿了几瓶饮料忙活起来。我先是把汽水跟果汁混在一起，又把矿泉水与汽水混在一起。要是有人喝过我用杏汁加汽水调出来的饮料，估计就再也不会光顾我们杂货店了。所有尝试都不成功，不过樱桃汁加矿泉水这个组合却是例外。这个混合饮料口感非常好，就是还缺点儿糖，于是我又加了点儿糖。

　　太棒了！妙极了！简直绝了！

　　"只要我喜欢，大家就都会喜欢的。"我不禁想到：要是在夏天卖这个混合饮料的话，我们肯定会大赚一笔。等赚了大钱，我就要扩大杂货店规模，外公再也不用操心店

里的生意，而我则会成为传奇：

樱桃汽水的传奇！

汽水的广告语要这样写："果汁与矿泉水的完美融合。"

我特别爱看电视广告，也爱读广告单页和产品包装。

我最喜欢的广告语是色雷斯联合油罐公司的一个

广告：

"色雷斯联合，致力于为客户及生产商服务……"

你看看，这产品描述，这广告语。致力于为客户和生产商服务，真是面面俱到，简直不能更周到了。我的产品也会这么棒，不仅中年顾客会爱上樱桃汽水，而且不论男女老少，都会喜欢，都会来买。

外公出去做礼拜还没回来，我等得心焦。他一直不出现，我等得花儿都快谢了……我准备了三杯樱桃汽水，等他回来只要尝一尝，肯定会大大表扬我。最后好不容易看到外公从清真寺出来了，"我去下咖啡馆。"他远远地比画着说。

我真想大喊："快回来……去什么咖啡馆……赶紧回来，店里的生意你都不管了吗？"但是我根本不能这么跟外公说话。可是我实在没有耐心等下去了，我的心情太激动，根本平静不下来。前面说过，我爷爷是开咖啡馆的，有时我也在那边帮忙。

要说村里人最多的地方，就数爷爷的咖啡馆了。有很多男人整天无所事事，从早到晚泡在那里。我突然想到了一个非常好的主意，就是把刚刚发明的、特别好喝的饮料拿到咖啡馆去让大家都尝尝，这样一来，人人都会知道这个新发明味道有多么美妙了，大家开心喝樱桃汽水的画面，甚至都浮现在了我眼前。我简直是太聪明了！于是我就带着几杯新发明，去了咖啡馆。

爷爷一看到我手里拿着饮料，就说："我们这儿不允许外带饮料。"

哦，你……你这个老头儿可真逗……

"可我不是别人，我是您的孙女儿呀！我今早给您拿过报纸，帮您找过眼镜，还帮您端了杯水呢。您支使我跑了三趟杂货店，还让我关了两回窗户。"

他眉毛一挑。

"你每次都数得这么一清二楚吗？"他问。

"那当然啦，我每次都数得很清楚。我帮您跑腿，忙这忙那的，不是就可以喝杯果茶了吗？算是我干活的报酬吧。"

"就知道骗吃骗喝。"他说着，不过还是闪身让我过去了。

于是我就去找外公了。他跟凯末尔叔叔一道，在树底下看报纸呢。这位杂货店老板对自己生意是多么不上心啊……他在这里好不悠闲，仿佛我才是操心的杂货店老板。

可不是嘛，我这个学徒这边累死累活的，他可倒好，开开心心地到咖啡馆里喝茶看报，舒舒服服地待在那边儿，一点儿都不操心生意！

我心里火大着呢，不过现在不是发作的时候，因为还有重要的事情。我喊了一声爷爷，结果外公、爷爷一起朝我看了过来。

"我想出了一个特别棒的点子，就是把矿泉水和樱桃汁混在一起，调出了一种新饮料，味道好极了。我们夏天就推出这个新品吧，一定会赚大把大把的钱。"我对外公说。

他先看了一眼装着樱桃汽水的杯子，然后看了我一眼。

"我们开的是咖啡馆吗？我们店里只卖瓶装饮料，可不卖杯装的！让你咖啡馆的爷爷卖这个东西吧。"他说。

他说得也有道理，这一点我确实没想到。要是卖杯装饮料的话，杂货店性质就变了。于是我转过头来，对咖啡馆的爷爷说：

"那您来卖吧！一定会赚很多钱！"

他还是平时那副事不关己的样子，手往兜里一插，说："把矿泉水和樱桃汁分开卖的话，我赚得更多。"

我简直怒不可遏。"你们俩对做生意简直一窍不通！"

我扯着嗓子对他们俩大喊。

外公马上反戈一击，他问了一个很简单的问题：

"谁在看店呢？"

"店里没人看。"我边说，边匆匆往回跑。

我把杂货店扔在一边，不仅无人照看，而且连门也没锁，结果我还好意思大言不惭地责备爷爷和外公，说他们不知道怎么做生意。

我的超级新饮料就那么给忘在了咖啡馆里，甚至到最后，都不知道他们到底尝没尝，会不会直接就给倒掉了。

回到杂货店以后，我自言自语了好一阵子。丢下杂货店无人照看，确实不应该。

不过我最大的问题是：我太过于关心别人了。

"跟你有什么关系。"我跟自己说。外公把眼看到手的赚钱生意推开了又怎么样？哈蒂杰阿姨找不到自己爱喝的饮料也不关我的事。至于爷爷，就一辈子只卖茶还有果茶好了……

都跟你没关系。你只管把东西摆到货架上就行了，别的都不要管。你为什么要操心生意如何能更好这种事呢？

心里憋了一股儿火，我从柜台底下掏出了笔记本，写

下了《如何应对大人：孩子需要注意的敏感事项》
的第二篇。

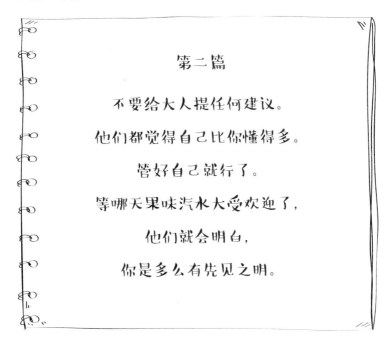

第二篇

不要给大人提任何建议。

他们都觉得自己比你懂得多。

管好自己就行了。

等哪天果味汽水大受欢迎了，

他们就会明白，

你是多么有先见之明。

没钱的穆斯塔法

在我们店里，紧挨着饮料柜的，是一排排货架。货架上摆满了瓶瓶罐罐，有番茄酱、果酱、蜂蜜，还有巧克力酱，你只要一打开罐子，就能吃到好吃的奶油巧克力……

有一天，我正往货架上摆放一罐罐巧克力酱，突然一个好主意冒了出来，平时但凡顾客买了巧克力酱，只要一打开盖子，看到巧克力，就会很开心。我突然想到，要是打开盖子以后，看到里面还藏有祝福的话语，这一惊喜肯定会让顾客更开心的，然后他们就会来买更多的巧克力，而我们则会赚更多的钱，甚至可以把店做得更大。这个主意太妙了！

于是我把巧克力酱通通从货架上拿了下来，然后挨个打开盖子，用火柴梗一一写上"祝您好胃口"。这可不是个轻松的活儿，不过我还是出色地完成了任务。我不禁想到，明天早上，顾客们在早餐桌上，一打开巧克力罐，看

到祝福惊喜，脸上就会露出幸福的笑容，然后整个村子都会一派喜气洋洋。

第二天，我坐在店里，心里非常得意，觉得外公应该好好表扬我一下，不过呢，也不能怪他，因为写祝福语的事儿，他还毫不知情呢。等到有顾客上门来夸赞我，他肯定就会明白了。这时，第一位顾客出现了，手里拿着一罐吃了一半的巧克力酱。

"你看看，你看看！"我跟自己说，"多么好的人哪，不仅来表扬我，竟然能想到带着证据来，这瓶写了祝福的巧克力酱，他会给外公看看，然后外公就会知道，我工作做得有多么出色……"

"这到底是怎么回事？哈吉您看看！"这个人说。

"怎么啦？"外公问。

"我买的这罐巧克力被人打开过，而且上面还写了字。"

"你说笑话吧？这不可能。你这明明都吃掉一半了，剩下的一半想拿来退货吧，要是这样，也要找个有点儿说服力的理由吧。"

我不错眼珠儿地盯着他俩争来争去。突然，又来了一位顾客，手里也拿着一罐巧克力酱。

"这到底是怎么回事？哈吉您看看！"她说道。

"你在说什么？"外公问，气氛似乎越来越紧张了。

他们完全不明白对方在说什么，一直如鸡同鸭讲，于是我勇敢地站了起来，大声说："**是我做的！**"

我只是不希望事情变得一发不可收拾，也希望他们不要再吵下去了。结果外公瞪了我一眼，仿佛在说："你这孩子又干了什么蠢事儿？你这个样子到底随谁？"

"我这都是出于好意，是在给大家送祝福！又不是在巧克力上写了脏话，我只是写了'祝您好胃口'。"

"你这么胡闹，跟写了脏话也没什么两样！"外公说。

不过后面他倒也没有再对我发脾气，只是不停地自己嘟囔。

"以后不许再做这种蠢事了。"他说。

"不做就不做，"我回答，"再也不会了。"

现在轮到我嘟嘟囔囔了，我从柜台底下拿出日记本，写下了《如何应对大人：孩子需要注意的敏感事项》的第三篇。

第三篇

不要给予大人善意。

他们根本不会领情。

他们让做什么就做什么好了，多一点儿都不要做。

他们是有个好胃口也罢，还是吃东西噎着自己也罢，

都不关你的事。

风水轮流转，

等有一天巧克力酱上印满了"祝您好胃口"，

那时他们才会承认，

小时候的你多么有才华。

巧克力货架最上面一层，摆放的是洗发水和香皂。这里我需要坦白交代一下：那时我只要手脏了，就会打开一瓶洗发水，挤一滴在手上，然后在村子里的公共水池那边洗手。现在想想，用了别人买的洗发水，哪怕只是一点点，也是不对的。不过呢，我每次都换一瓶挤，所以呢，就算是做坏事，我也是很讲求公平的。不管怎么说，做了错事就是做了错事，没有什么借口。不过呢，**人都会犯错**。

洗发水货架边儿上是食用油，下面一层是装在桶里的橄榄。那时候橄榄都是用桶装的，有人买的时候就舀一勺，再装到塑料袋里给顾客，也没有如今超市里那么多花样，只有一个品种。你可以想象一下，村子里至少有三百号人，家家户户吃的都是一样的橄榄，**挺奇怪的吧**？

在杂货店里当学徒，你得学会怎么称斤两。比如说，你要称一公斤的白糖，如果你多称100克，那你是赔本儿的；如果你给少称了，那你就损害了顾客的利益。你必须要称得精确无误。**这就是把秤叫作精准秤的原因**。

大家一般都是按公斤买的：一公斤白糖、两公斤小

麦米、半公斤奶酪、一公斤酸奶等等……穆斯塔法先生是唯一的例外，他每次来店里，总是只买 **50 克奶酪**、**50 克橄榄**和一块面包，垫食物用的报纸他也会顺便买点儿。

外公告诉我，穆斯塔法一个人生活，没有亲人，也没有钱。他头脑不是很清楚，所以没办法找一份正经的工作，只能干些田里的活儿，多少挣点儿钱。

"如果他来买 50 克的东西，你就给他称 100 克，再给他点哈尔瓦酥糖，不过酥糖不要收钱，其他的东西都要收钱。"外公这样告诉我。

"那如果我们确实想帮他，**就多帮一点儿吧**。奶酪和橄榄也可以不收钱，送给他好了。"

"那不行，如果我们都白给，他会过意不去，然后就不好意思来店里买东西了，所以还是要收他的钱。"

听了外公的解释，我反而觉得更糊涂了。

每次穆斯塔法先生来店里，我都要作出各种假装，压力太大了，最后总是精疲力竭。

——穆斯塔法先生是个穷人，但是我不能把他当一个穷人来招呼。

——穆斯塔法先生要买 50 克的东西，但是我要给他 100 克，还得让他相信，给他的是 50 克。

——穆斯塔法先生没买哈尔瓦酥糖，但是我应该送他一些。每次都要送吗？应该多久送一回？

——我知道穆斯塔法先生没钱，但是还要坚持收他钱，如果不想他过意不去，就得收钱。

每次只要一看到穆斯塔法先生走进店里，我就想缩成一团装死，紧张得两脚发软，完全不知道该怎么办。等他一走，我就会坐在糖箱上发呆，思量着他是如何吃他买的那点东西的。

在我的脑海里，会浮现出这样一幅画面：穆斯塔法先生孤单单地坐在一棵树下，摊开报纸，把 100 克橄榄和 100 克奶酪放在上面，一想到这幅图景，我不禁泪流满面，结果穆斯塔法先生第二天又来了！

有一天，我又坐在糖箱上哭，为穆斯塔法先生感到伤心，这时我突然想到了一个好办法！就让我来扮演本村的**侠盗罗宾汉**，劫富济贫，把富人的钱拿过来给穷人花。这个事情我来做真是再合适不过了，首先我这儿有一个需

要帮助的穷人，至于富人嘛，只要翻翻账本，马上就可以知道谁家有钱了。"**就这么办**。"我下定了决心。

第二天，穆斯塔法先生又来了，还是老样子，说要买50克奶酪、50克橄榄，还有一个面包。

"穆斯塔法先生，外公让我给你一公斤橄榄和一公斤奶酪，具体情况他以后会跟你结算。这是雷姆济·霍贾爱心赠送的，我外公好像是这么说的。"我特别喜欢"以后跟你结算"这句话，偶尔会有人来店里，跟外公聊聊，谈话结束时会说这句："**以后跟你结算。**"所以我感觉这是句好话，正好拿过来自己也用一下。

再说了，雷姆济·霍贾确实挺有钱的，所以就算我在他账本上多写一公斤橄榄和一公斤奶酪，也没人会发现。至于送杂货店的橄榄和奶酪来做善事，是不是有点儿滑稽，这个问题我没提，穆斯塔法先生也没问，拿好了给他的东西就离开了。

那天之后，穆斯塔法先生每次来就只买面包。我非常开心，也觉得很自豪。二十天后，他又来买奶酪和橄榄，我故技重施，把一公斤奶酪和一公斤橄榄又记到了雷姆济·霍贾的账上。不仅如此，我还增加了一笔，把哈尔瓦酥糖也记在他账上，因为我给了穆斯塔法先生一公斤哈尔瓦酥糖，这次他看我的表情有些惊讶。

于是我说："雷姆济·霍贾家生了孙子。他让我送你一些哈尔瓦酥糖，庆祝家里添新丁。"

他冲我笑了一下，我也跟着笑了笑，我简直太聪明了。

一天，我听到雷姆济·霍贾和外公在争吵，起因是账本上的记录。霍贾说："我没买那个东西。"可是外公一口咬定，说就是他买的。

"我没买。我都是在布尔萨买奶酪和橄榄的，不从你家买。"

"你要没买，我怎么会记在账上？"

这个有钱的家伙，竟然看不上我们店里卖的橄榄和奶酪，真让我恼火。这时，外公瞥见我在瞪霍贾。

"这笔迹是你的吧？是你写的对不对？"外公问。

我想回答"这是侠盗罗宾汉写的"，却说不出口，于是只能点了点头。

然后就发生了以下对话：

"都是你写的吗？"

"是的。"

"那雷姆济·霍贾到底是买过这些奶酪、橄榄和哈尔瓦酥糖，还是没买过？"

"没买过。"

"没买过，你为什么要往账本上写？"

"因为他有钱啊。"

"他有钱没钱跟你有什么关系？你又不是他的继承人。"

"我确实不是继承人，不过我这么做是有原因的。我把那些奶酪和橄榄都给了穆斯塔法先生。"

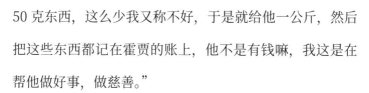

"哪个穆斯塔法？"

"你知道的呀，就是那个需要救济的穆斯塔法，他每次都只买50克东西，这么少我又称不好，于是就给他一公斤，然后把这些东西都记在霍贾的账上，他不是有钱嘛，我这是在帮他做好事，做慈善。"

"你要做慈善，那应该用你自己的钱，用别人的钱算怎么回事？"

"那你就把这些记录从雷姆济·霍贾的账上删掉好了，都算我欠的。我现在就去跟爷爷要钱，拿来还你。"说完我就哭了起来，然后离开了杂货店。

很早以前我就发现，在外公面前提爷爷，就能成功激起他的火气，而在爷爷面前提外公，也有同样的效果。每逢开斋节，我都会用这个法儿，对外公/爷爷说："你就给我这么点儿钱吗？爷爷/外公可比你大方多了。"结果就是他俩都不停地给我更多钱，真是百试百灵的好办法。

"你给我回来，现在赶紧给雷姆济·霍贾道个歉，然后你可以再送一些奶酪和橄榄给穆斯塔法先生，你搞了这么个新名堂出来，现在也不能丢下他不管，不过以后再也不许你碰账本儿了。"外公说。

"我再也不碰了。"我回答。接下来我把日记本掏了出来，写下了《如何应对大人：孩子需要注意的敏感事项》的第四篇。

第四篇

不要尝试去教大人学会分享，
就让有钱人接着当守财奴，
而穷人只能坐在树底下，
吃少得可怜的50克橄榄。

高个子穆拉特

虽然我的樱桃汽水计划没能推行，夏天里，店里的饮料却卖得并不坏，不过最受欢迎的还是冰激凌。一到夏天，外公就会把暖炉搬走，换上一个冰箱，用来装冰激凌，冰箱边上放上纸筒，冰激凌有巧克力味儿的和香草味儿的。

我们家平时是一家杂货店，不过夏天的时候，基本就变身为冰激凌店了。

冰激凌到货的当天，全村的孩子都会奔走相告：

"杂货店有冰激凌卖啦！"

然后店里就挤满了小孩子，我们就把各种口味的冰激凌卖给他们。其实我一点儿也不明白，为什么吃个冰激凌，就会让他们这么兴奋。

跟来买冰激凌的小孩子不一样，我可是在杂货店打工的，我得收钱，然后把装在纸筒里的冰激凌递给顾客，还要负责提醒他们，冰激凌吃完了要记得喝水。我那时老喜欢咕咕哝哝："我们开的到底是杂货店呢，还是冰激凌店？到底是在卖冰激凌，还是在看孩子啊？喝水什么的为什么要我来提醒？"

冰激凌到货的第一周，孩子们天天都来买，实实在在过足了瘾，因此到第二周，冰激凌的销量会有所下降。

用来装冰激凌的冰箱，是靠电力工作的。这就意味着，万一停电，用不了几个小时，冰激凌就会全部融化。由于这个缘故，夏天只要一停电，外公就会发飙。平时的话，他也时不时要找借口发脾气，要是停电，就更糟糕，他会大发雷霆。只要村里一停电，他就立即把冰激凌全部从冰箱里搬出来，开车载着，送到附近没有断电的村子，放到那边的冰箱里，然后他会一直等在那边，直到村里电力恢复。村里一来电，我们就给他打电话，通知他回来。

每次发生这种状况，他都会很紧张。而看到他被逼得东奔西跑，我也很不开心。每逢这种时候，我都特别想把全村的孩子叫到一起，对他们说："你们看看，就为了你们能吃上冰激凌，我外公得担多少心！马上再多买点儿冰激凌，并去亲亲他的手，告诉他你是多么感谢他。"不过我也就是想想而已，没真的这么做过，因为顾客永远是对的，虽然我也不明白，怎么可能永远是对的。

夏日的一天，爸爸妈妈带着我去了游乐园。他们跟我说，只能玩三个项目，大人们总是有这些莫名其妙的要求，真让人灰心丧气。我可是生平第一次来游乐园，他们大可以让我尽情玩儿个够，真不明白，为什么一定要限制我，只能玩三个项目。

我先去玩了碰碰车，然后玩了摩天轮，不过之后就不肯玩了。拒绝玩第三个项目，是为了找我爸妈别扭。玩完两个以后，我跟他俩说，第三个项目我不玩了，他们可以自己留着。他们不是规定我只能玩三项吗？那么我干脆连第三项也不玩了。我想用自己的方式告诉家长，比起他们，我更大方。我要让他们明白，不能这样对待小孩。结果呢，根本没人在意。见我拒绝，他们就说"好吧"，然后就走了。

我爸妈是世界上最不坚持的爸妈。**他们会提出建议，但要是遭到反对，他们一点儿都不会坚持己见。**

妈妈说："那咱们去吃冰激凌吧。"

"我们最多可以买几个球呀？"我问，不过她根本没听出来我讽刺的语气。

我们买了马拉什冰激凌。卖冰激凌的人，来自布尔萨省，不是马拉什人，在离马拉什九百公里远的地方，卖着马拉什冰激凌。这个卖冰激凌的人有一套动作，把冰激凌递给你的时候，他会先高举冰激凌，高到马上就要碰到高处挂着的一个铃铛，然后等你伸长了手去接，他会变戏法儿似的把一个没有冰激凌的空纸筒塞到你手里，而你的冰激凌还在他手上呢。他的表演很精彩，而且有配套的服装，他身穿马甲，还戴了一顶传统小帽。

“我要看一会儿这个卖冰激凌的。”

“往前走别停下，冰激凌也边走边吃吧。游乐园里有这么多可玩的东西，你就没有别的想看的？非要看一个卖冰激凌的？快过来，咱们去看哈哈镜吧。”我妈说。

我不得不屈服让步，有什么办法呢？他们毕竟是我爸妈。他们说要去看哈哈镜，我就得跟着去看哈哈镜，然后说"哇，真好玩儿"，接着再哈哈笑。于是我们就去看了哈哈镜，最后回家了。

回家的路上，我又想到了一个绝妙的主意。我们可以跟游乐园里卖冰激凌的人学学，杂货店卖冰激凌，也可以有表演呀，肯定会很吸引眼球。孩子们都会争着来买，兴奋劲儿肯定不亚于冰激凌到货的第一天，然后我们就会赚很多钱，把店再扩大扩大。

一回到村里，我就开始落实这个计划。我从外公家里找出来一件马甲和一顶帽子。为了找这两样东西，外公的衣柜给我翻得乱七八糟，不过为了做大事，这点小小损失，也是没办法的事情。

还需要一个铃铛，而我正好知道到哪儿去找。外公以前养羊，那些羊脖子上都挂着铃铛。后来外公外婆虽然把羊都卖了，不过铃铛肯定留下了一些，于是我去了羊圈，里面又黑又臭，虽然我拿了一个手电筒，还是什么也看不清，而且臭气实在太熏人了。可是如果没有铃铛的话，我的计划就进行不下去了，于是我强忍着臭气，翻遍了每个角落，最后终于找到一只。我把铃铛洗干净了，绑了一根缎带上去，然后把它挂在了装冰激凌的冰箱顶上。

我前面说过，夏天放冰箱的地方，冬天放的是暖炉，所以上面有暖炉的管子。我想要把铃铛系在高处的暖炉管子上，可个子不够高，实在够不着，于是我就打算让下一个进来买东西的人帮帮忙。

下一个进来的顾客是**小个子鲁基耶**。她非常矮，比我还矮，所以才得了这个外号。村里也没有**大个子鲁基耶**。全村只有她一个人叫这个名字。不过因为身材过于娇小，太显眼了，于是大家给她起了这个外号。

我正叹气嫌自己运气太差了，结果高个子穆拉特紧接着走了进来，他是我的第二位顾客。**高个子穆拉特**确实很高，连梯子都不需要，站在一个汽水箱子上，一眨眼就把铃铛挂好了。下来之前，他突然抬手给了铃铛一拳，把我吓了一跳，不过我还是谢过了他，感谢他帮忙。

"我要去布尔萨当一名篮球运动员，要是成功了，有朝一日我会衣锦还乡。"他说道。

"哦，那祝你成功。我估计他们也找不到比你更高的队员了，你看你连梯子都不用，就把铃铛挂到了房顶上，能找到你这么高的，他们肯定很满意。"

这时外公进来了，看到了铃铛。然后发生了以下对话：

"这是什么？"

"铃铛"

"什么铃铛？"

"羊的铃铛。"

"为什么挂这儿？"

"来来来，外公，你先把这件马甲穿上，然后把帽子戴上……"

"帽子？马甲？孩子，这个铃铛到底干什么用的？"

"我在布尔萨看到了卖冰激凌的表演，那儿有一个卖冰激凌的人，就是用这种方法，卖马拉什冰激凌。他抬手碰一下铃铛，然后递给顾客一个空蛋筒，特别好玩儿，我们也来这么卖吧，会赚很多钱。"

"那个卖冰激凌的有表演是他的事，我们不需要。"

"可我们也卖冰激凌呀，跟那个卖冰激凌的人也没什么不一样啊？"

"你管好自己就行了，别瞎操心。你看，冰箱都空了，赶紧放一些汽水进去。"

我简直气疯了。掏出自己的笔记本，写下了《如何应对大人：孩子需要注意的敏感事项》的第五篇。

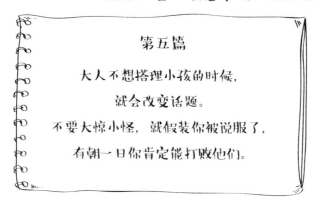

第五篇

大人不想搭理小孩的时候，
就会改变话题。
不要大惊小怪，就假装你被说服了，
有朝一日你肯定能打败他们。

外公伸手够了够铃铛，但是太高了，根本够不着，也没法把铃铛摘下来。

"你到底是怎么把铃铛挂上去的？"他问道。

"高个子穆拉特挂的，不是我挂的。"

"那你去叫他把铃铛摘下来。"

"他走了，要当篮球运动员去，不会来的。就让铃铛挂在那里算了。"

外公特别生气，我从店里走的时候，还听到他在抱怨，说什么：

"她竟然在店里挂了个铃铛，把我这里当清真寺了吗？真主啊，原谅我们吧。"

我差点儿折回去问外公，马拉什冰激凌跟清真寺有什么关系。不过五分钟前我才告诫过自己，别再捅娄子了，于是我乖乖回家了，没回去找麻烦。

那年夏天，外公往冰箱里放了一箱新货品：带包装的冰激凌！就跟我们现在吃到的差不多。那可是我第一次看到带包装的冰激凌呢，村里大多数孩子也是第一次见到。我脑子里冒出的第一个念头就是：**我以前怎么就没想到，竟然还可以这么做呢**？

每次我往纸筒里装冰激凌，都会弄得一片狼藉，还黏黏糊糊的。而孩子们对于到底应该买巧克力口味的，还是香草口味的，也常常拿不定主意。现在包装把这些问题都解决了，对于发明冰激凌包装的人，我真是佩服得五体投地。

我说过，外公只要一去清真寺，就会让我留下来看店。他不在时我就得在店里守着，直到他回来了我才能离开。看店期间我也不时休息一下，清真寺就在杂货店门前，只要外公一出来，我立即就能看到他。

那天我从店里往外看，远远看到了外公的身影，知道他要回来了，这意味着我马上就可以休息一下了，于是我从冰箱里拿了一支冰激凌出来，撕开了包装。我的计划是，拿着冰激凌在杂货店周围走一圈儿，等别的孩子看到我吃，估计也会眼馋想买，这样店里就能卖出更多的冰激凌了。所以呢，虽然我是在休息，但是即便在休息的时候，我也没忘了工作。

我舔了一下冰激凌，看到外公朝着我走来。这时他突然停下了，然后转身往回走。

"出了什么事？你这是要去哪儿？清真寺吗？又去？可祷告不是已经结束了吗？"我真的很想冲外公这样大喊一通，不过也只能是在心里默默想想而已。休息泡汤了，我只好回到店里。既然走不开，那我就去坐在外公的椅子上，舒舒服服地把冰激凌吃完！可惜这个计划没能实现。

顾客络绎不绝地进来。我需要把冰激凌放下，可不知道该放哪儿。我四下看了看，要是能像把巧克力搁桌上那么容易就好了，而且巧克力的话，只要往包装里一塞，随便往哪儿一藏都行。

这时又有三个顾客进来了，加上店里头的，现在一共

有十位顾客在等着。我手里拿着冰激凌，眼睁睁地看着人不断进来。人太多了，我慌了起来，不知道该怎么办，脑子里一片乱糟糟，这还是我头一回看到有这么多顾客挤在店里。我把冰激凌塞回包装袋，接着再硬塞进裤子口袋里，然后赶忙开始招呼顾客。这些人竟然一直在买啊买，忙到这种程度，外公在的话，就会说："好像马上要闹饥荒了似的。"我比外公更直接，当着顾客的面就问：

"要闹饥荒了吗？你们怎么买这么多？"

顾客们都笑了起来，一面还是不停手地往袋子里装东西。后面等的顾客开始催了，前面的才肯离开。

我心里一直在大喊：

"外公，你到底去哪儿啦！清真寺到底有什么事儿非去不可？你又不是伊玛目，你是开杂货店的呀！赶紧回来吧！"

我简直喘不过气来，天气太热了，十来个人挤在小店里，口袋里的冰激凌也融化了，黏糊糊地粘在我的牛仔裤上，一切都糟透了。半个小时后，这一大波顾客终于买好了，最后一位也拿着东西走了。这时外公走了进来，而我不仅一身汗，还脏兮兮的，融化了的冰激凌顺着裤子往下淌。

外公皱着眉头，把我从头到脚打量了一遍。外公对工作时的着装规矩很严格，之前也跟我说过，他要求我在店里必须衣着整洁，我也答应了。

"你这怎么回事儿？在搞什么？怎么把冰激凌放到裤袋里了？"

我根本无法解释，特别生气，就冲他吼道：

"那你呢？你就不该这么晚才回来！你在清真寺磨蹭了一个小时，到底在干什么？"

但是这么说的话，好像我是由于外公迟归而生气，才把冰激凌塞到口袋里的，可也不是这么回事儿啊！**气死了！**

事实上，为了招呼店里的一大波客人，我不得不牺牲了自己的裤子，简直可以说是很英勇了。可在外公眼里，我就是个蠢蛋，因为只有傻子才会把冰激凌往口袋里塞。我一怒之下从店里跑了出去，一直跑回家，在后院碰到了我妈。

"你这怎么回事儿？"

要是再来一个人问我这个问题，我真的要忍不住哭出来了，于是我咬紧牙关，一声不吭，这时外婆从我身后走了出来。

"你看你，穿成什么样子，还说自己是学徒呢，全身上下弄得这么脏，千万别让你外公看到。"

我再也忍不住了，大哭起来，一边往屋子里跑一边哭，听到她俩在后面说：

"她肯定是心里觉得太羞愧了，才哭了。"

怎么会这样？

不是应该说：

"她是因为感到绝望才哭的吧？是因为太伤心了才哭

了吧？是因为心里太多烦恼了才哭了吧？"怎么会说出"她因心里感到羞愧才哭了吧"这种话呢？

我的家人大概是世界上最没有同情心的人了。

我从家里跑出来，一路又跑回店里。

一到店里，我就从柜台底下掏出笔记本，写下了《如何应对大人：孩子需要注意的敏感事项》的第六篇。

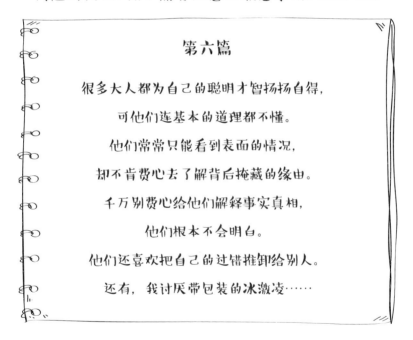

第六篇

很多大人都为自己的聪明才智扬扬自得，
可他们连基本的道理都不懂。
他们常常只能看到表面的情况，
却不肯费心去了解背后掩藏的缘由。
千万别费心给他们解释事实真相，
他们根本不会明白。
他们还喜欢把自己的过错推卸给别人。
还有，我讨厌带包装的冰激凌……

第二天，我仍旧去了店里。像前一天那样倒霉的事情，有时无法避免，而我可不是碰到一点儿挫折就会退缩的人，所以呢就照常去上班了。

停电这种事，在村里经常发生，因此我们店里不仅卖插头、插座、接线板和台灯，基本上五金商店有的，我们这里都有。卖得最好的是蜡烛，每次一停电，蜡烛都卖得最多。

有一天又停电了，于是外公把冰激凌都拿出来，开车载着，去了离我们村最近的、另一处卖冰激凌的地方。我一个人看店，不多会儿就要到晚上了。

今天村里没有电，等到晚上，每家每户都会一片漆黑。要是不想坐在没光亮的家里，就得点起蜡烛。那么他们要到哪儿去买蜡烛呢？当然是杂货店啦。杂货店谁开的？我们家开的呀。谁家有蜡烛卖呢？还是我们家呀。所以呢，我们想卖什么价钱，就能卖什么价钱吗？当然没问题啦。

我立刻给蜡烛涨价，并暗暗希望能一直停电，不要那么快来电。我想：

"如果我们今晚能卖出去很多很多蜡烛，明天我们就发财啦。"不是有句老话嘛，塞翁失马焉知非福？

我先把新价格贴在蜡烛上，然后在一个纸箱上写了："点一支蜡烛，迎来光明，驱走黑暗。"随即点亮了两支蜡烛。店里得搞得亮堂一点儿，用来招徕生意，这是必不可少的营销手段，为了吸引顾客，我忍痛拿了两支点了起来，就权当是广告成本吧。

我正幻想着，再过几分钟，等顾客上门，看到新价格和新标语，就会买些蜡烛回去。不过头一个进来的人却是外公。

老实说，外公的出现，实在出乎我的意料。他不是带着冰激凌去了别的地方吗？不是应该等到电力恢复才会回来吗？

"你怎么回来了？"我一边问一边慢慢地从他的椅子上下来，悄悄走到一边。他在店里的话，我可从来没坐过他的椅子，因为他才是杂货店老板，而我只不过是个学徒呀。

他没有回答我的问题。他才是杂货店老板，店原本就

是他的，我却问这人为什么会出现在这儿，于是我换了个问题：

"冰激凌在哪儿呢？"

"电路还在维修中，会时断时续，很不稳定，所以我明天再把冰激凌运回来就行。"

"哈。"

"你怎么这么早就点起了蜡烛？"

"这是在做宣传，就跟霓虹灯一个道理，是为了吸引顾客用的。"

"这些价格是怎么回事儿？"

"我把价格提高了。反正大家都需要蜡烛，估计也愿意按新价格来买，这样我们就能挣更多钱啦。"结果还没等我说完，外公就开始驳斥我。

"孩子，你要当个小骗子吗？要趁火打劫占顾客的便宜吗？赶紧把这些标签摘掉。你这些个歪念头，到底都是从谁那儿学的？"

然后又是一堆问题，一个接一个。我吹灭了蜡烛，离开了店。我就知道，每次一停电就要挪冰激凌，这种时候外公就特别容易发火。

遭贼

　　店里也不是一直都忙。每隔一阵子，店里就会有那种特别安静的时刻。我给这种日子起了个名字，叫"饱食无所事事日"。这种时候一般没有顾客上门。于是我就坐在糖箱上，规划未来大计。

开店最让我担心的一种情形是：万一有贼闯进来怎么办？我一点儿也没有概念，要是贼来了，该怎么应付，外公也没教过我，碰到这种情况要怎么处理，我猜他也不知道这种情形该怎么办。如果有人蒙了脸，冲到店里，逼我们把钱都交出来，这时我们应该如何应对呢？

有一次，我问过外公这个问题，他说："别问那种事情，你会招来霉运的。咱们村不会发生那种事儿。"

不过作为杂货店的学徒，我有责任把可能发生的情况都考虑周全。

于是我做了一个决定。村里有两个男孩，每个周末都要到城里去学空手道。我也要学空手道，达到什么段数这些倒不是很重要，要先学起来。我回家跟家里人说，要学空手道。

我告诉我妈，我要学空手道，要保护杂货店，让她帮我报名。

可是不知怎么的，她把我说的话听成"**我饿了**"。这种听岔了的情况在我跟我妈之间一点儿都不稀奇，明明我说的是一回事，到我妈那里，她就有本事把我说的话，听成完全另外一回事。

她说:"我们马上要吃晚饭了,别走开。"

我生气了。

"我没说我饿了!我明明跟你说的是,我要上空手道课,让你帮我报名。"

"晚餐你得把自己的那份儿都吃完,不然就饿着肚子去睡觉吧。"

我非常确定,对于一位母亲来说,最大的恐惧估计就是孩子吃不饱饭。不管我跟我妈说什么,最后话题永远都会绕着吃饭打转。我们常常会有以下这种对话:

"妈妈,长大以后我可能想当作家。"

"先把晚饭吃完,吃完再写也不迟。"

"我觉得弹钢琴可能不适合我,不过可以试试口琴,对吧妈妈?"

"赶紧把早饭吃完,上学别迟到了。"

"妈妈,你认识我们学校的埃斯拉吧,她要和家人去度假啦。"

"你要是不把饭吃完,你连家门都别想出去。"

"妈妈,我胃疼。"

"能不疼吗?你可什么都没吃。"

吃饭！吃饭！吃饭！吃饭！

那天的对话也属于这种情况：空手道，吃饭，空手道，吃饭，空手道，吃饭……之后我又找机会提了几次空手道这事儿，不过最后还是放弃了，因为每次只要我一提空手道，妈妈的反应都是让我坐下，多吃点东西。

看来我得想想别的办法来对付小贼了，也许可以试试以理服人？

要是有人来店里打劫，或许我可以对他说："欢迎光临！你看我们家的小杂货店，开在小村子里，非常简陋，一天只赚一点点钱。这么微不足道的金额，真不值得你费心跑一趟，何况还冒着让家人蒙羞的风险。快请到这边来，喝杯汽水，坐着歇歇，等歇好了就回家吧。"

用点蜜糖的话，就能把更多苍蝇粘住，那么或许也有办法把打劫的挽留在店里，一直好好款待，直到最后让对方心平气和地离开。这个计划的问题是，只有我在店里的时候才有可能，要是打劫的碰上外公在店里，那他们可不会看到什么好脸色。连我这个外孙女都看不到他的好脸色，何况是这些打劫的？

于是我决定要养一条狗。若是店门口从早到晚都有一条狗在，那么打劫的就不敢上门了。这个主意非常棒，却有一个问题，就是外公不会同意我养狗。

要是我跟外公说要养狗，他肯定不赞成，于是我决定悄悄地执行这个计划。

村里有条流浪狗，名叫萨达姆，是条黄毛狗，特别聪明。

我不晓得这名字是谁给它起的，不过大家都叫它萨达姆。我觉得这个名字挺适合它的，有一天，我一路引着萨达姆来到了杂货店。

店里最便宜的商品，是一种袋装饼干。饼干袋扎嘴的地方，常常会有一些挤碎的饼干，顾客都不怎么喜欢这些，所以以前基本都是被我吃掉的，不过从现在开始，这些都归萨达姆了。

我每天喂萨达姆一些碎饼干。每天来店里都有饼干吃，待遇实在是太好了，因此没过多久，萨达姆变成了杂货店的常客。

外公问了我好几次，是不是给狗吃什么了，我每次都坚决否认。

"哪有什么东西能给那条可怜的狗吃呀？连我都没有什么东西可吃呢，不信你看看垃圾桶。里面什么都没有。"

萨达姆现在变成我们杂货店的狗了，任务圆满完成。我再一次对自己的聪明才智感到自豪，现在我们可一点儿都不怕有打劫的来。

或许我有点儿太乐观了。有天晚上我们都睡在奶奶家，夜里电话突然响了。妈妈接了电话。

"什么？不会吧！真的吗？太糟糕了！"

她问了一串儿问题，特别兴奋，我们都穿着睡衣看着她，把电话挂断以后，妈妈告诉我们："店里遭贼了。"

我抢着问：

"他跑掉了吗？"

"谁跑掉了？"妈妈惊讶地问。

"当然是贼呀！他还在店里吗？我要跟他谈谈。"

妈妈看了我一眼，眼神不善，于是我就没再坚持，乖乖回去躺在床上，反正在房间里，也不耽误偷听大人说话。

事情的经过是这样的：

贼趁着夜深，来店里撬锁，结果撬了半天也没撬开，于是他们又想破窗而入，结果呢窗户也打不开。外公家的房子就在杂货店隔壁，贼显然没留心这个小细节，结果外公夜里睡不着，起来喝水（他可不是睡不着，白天整天都

在睡觉，晚上哪里还睡得着？）。外公喝完水，看到外面
有人打手电，于是他拿着自己的手电筒，出去往街上一站，
大声喝问什么人在那儿。贼于是仓皇逃走了，结果是什么
也没偷着。

　　第二天起床后，我去了店里，萨达姆正站在店门口的

台阶上。

"小家伙，你昨晚跑哪儿去了？"

要是想让它二十四小时值班的话，估计得多给它一些饼干了。

外公一见到我就说："早上好小巫婆，你老是念叨着打劫呀、贼呀，结果真把他们给招来啦。"

说得就好像是我主动把贼叫来似的。

"你本来应该招待他们喝汽水。"

外公显然没明白我在说什么。他当然没法理解啦。

但凡你能拿出一点点诚意问问我的想法，就会明白我在说什么。

本地特产

我家的杂货店开在村子里，上门的顾客基本上就没有不认识的，都是乡亲，不过偶尔也会有陌生人进来。陌生人的话，要么是迷路的，到店里来问路；要么就是游客，来乡下玩几天的那种。

有陌生顾客上门的时候，交谈的话题跟平时的熟客会稍有不同。比如："生意怎么样？""村里有多少人？""你们卖本地特产吗？"

这些问题我都不喜欢，不过每次还是尽力回答了。

"生意不错。村里人丁兴旺，不过到底有多少人我也不清楚。我们不卖本地特产，为什么要卖呢？"

问出最后一个问题的瞬间，我脑子里灵光一闪。为什么以前我们都没有想过，其实可以卖本地特产呢？我正苦苦思索，这时有妈妈带着孩子走了进来。这两人我不认识，门外停了一辆车，所以估计是游客。

"你们迷路了吗？"

"没有，"孩子妈妈回答，"我们怎么会迷路！"

明明是大人，脾气却跟小孩儿似的！ 这种人最可怕了，明明别人没招惹到她，也会发脾气，还会无理取闹，攻击别人。我有点儿后悔问她是不是迷路了。虽然明知道不对，不过我还是暗暗希望，她从店里出去以后，回程干脆就迷路算了。

妈妈要是知道我这么想，肯定要气死了。"千万别诅咒别人，最后都会报应在你自己身上的。"不过呢，想让她迷路应该不算诅咒，最多只能算是我小心眼。

小男孩想买巧克力。

"不行，你不可以买巧克力，你牙都已经吃坏了。"

要是我妈跟我这么说，我肯定烦死了。

"我能买薯片吗？"

"薯片？什么薯片？我们平时吃薯片吗？宝贝儿？"

"你不吃吗？村里人人都吃，我们每天至少吃一包，吃薯片有什么问题，有生命危险吗？"我腹诽道。

小孩儿这会儿正朝果汁走去。

"我们车上有果汁，宝贝儿，出门之前我榨了一些果汁，装在你的水壶里了。里面的维生素估计没什么活性了，不过也比这儿卖的强。"

小孩儿又想买饼干。

"可是我给你做了饼干呀，宝贝儿，车上有很多呢。都是我亲手做的，里面放了葡萄干儿。这儿卖的饼干，谁知道是什么地方做出来的。"

"冰激凌。"小孩儿说。

"啊，不行不行。这儿的冰激凌都没有包装，我可不敢买没有包装的冰激凌。"

我真想大喊："那这个孩子到底能吃什么啊？"但是不能这么做。

为什么呢？因为顾客永远是对的。

我目不转睛地看着这两个人，最后妈妈给孩子买了包无糖口香糖，终于走了。在店里花了二十分钟的时间，最后就买了个什么味儿都没有的口香糖。不过就在那一天，望着母子俩离开的背影，我有了一个好主意，一个绝对会让我在杂货店青史留名的好点子：我们要开发本地特产的生意。

一到夏天，村里的妇女们就会忙着准备过冬吃的食物。**番茄酱、果酱、面条、浓汤粉、泡菜、面团、罐装食品**……还有很多很多。整个夏天都在做这些东西，根本不让孩子们靠近。这些过冬食品是女人们的宝贝。

她们经常逢人就夸赞自己的手艺，比如："天哪，今年我做的番茄酱，真是好到不能再好了。""你一定要尝尝我做的果酱，好吃到停不下来。"

这些东西要是不小心被弄洒了一点儿，或者浪费了一点儿，你就大难临头了。"你知道我做这些做得多辛苦吗？整整一个夏天，我不停地忙碌，一刻都不得闲，你敢扔掉一点儿试试？"

由于以上提到的缘故，我不可能从某一家那里拿到杂货店所需要的所有本地特产，而小偷小摸也不是我的风格，所以呢，最好的办法就是去借。

我去找奶奶说："奶奶，我外婆说您做番茄酱的手艺多少年来总是那么好，她想跟您要一瓶，尝尝您的好手艺。等她自己的番茄酱做好以后，也会给您一瓶作为还礼的。"

奶奶高兴得手舞足蹈。有人夸赞她的手艺，跟她来要番茄酱，**好，好，好**！她立刻给我拿了两瓶，不是一瓶，而是两瓶！她还让我问外婆好，我告诉她我保证把话带到，然后离开了。我把奶奶的番茄酱，藏在了杂货店储物间最里面。

然后我去了埃米内阿姨家，以外婆的名义跟她要了些泡菜。又去了泽埃尔阿姨家要了些果酱，从胡里耶姑姑那里要了些蜜饯，从哈蒂杰阿姨那里要了一些浓汤粉。要浓汤粉的时候，我大大夸赞了一番："大家说你做的浓汤粉最好，不过不好意思来跟你问配方，你给的这些，正好够大家每人尝一口，她们说要好好研究一下你的手艺，这就是她们的计划。"

我说的这些，她全都信了。女人就是对夸奖没有抵抗力，她真的就照单全收，全部相信了。

"那让她们也尝尝我做的面条吧，我跟你说，她们吃了一回，以后肯定还想吃。"她一边说，一边把浓汤粉拿给我，外加一袋面条，我简直太开心了。

现在，我的本地特产小市集，总算万事俱备了。我想的是，等把这些存货卖完了，我先拿走自己那一份儿，余下的收入，我会平均分给奶奶、阿姨和姑姑们，并且把事情的来龙去脉，好好地给她们解释清楚。我觉得，那个脾气恶劣的孩子妈妈下次再来店里，一定会爱上这些本地特产。不过我的小市集还缺了一样：没有小孩儿能吃的东西。饼干！加上饼干，一切就完美了。于是我去找我姑姑，她人最好了。

"哦，老天，我整天待在店里，店里有各种各样的巧克力和饼干，不过没有一种饼干，味道像你做的那么好。要是你能给我一些就好了，我就能一边喝茶，一边吃你做的饼干，想想就特别开心。不过可不能让你太操劳，我凑合吃一些杂货店里的、不太健康的那种也行。"

"那怎么行，我现在就给你做一些。"

我就知道她会给我做的，而且我来得也巧，她刚做完一盘饼干，于是我看着这一盘烤好的饼干，她夹了三块新鲜出炉的，放到我的盘子里。

"啊，这些不够啊。有一些小朋友常来杂货店门口玩儿，我答应了他们，会给他们带好吃的饼干，因为我跟他们每个人都讲过，你做的饼干那么好吃，他们都流着口水等着呢，而且还有小朋友从来就没吃过饼干。这三块你留着，剩下的给我吧，要不然我就要食言了，说话不算数可不行。我们这么为别人着想，真主一定会保佑你，与心爱的人终成眷属。"

最后一句话深深打动了她，爷爷不同意她跟自己心爱的人在一起，因此我才这样说，知道她一定会心软，果然，她把三块饼干放回了盘子里。

"都拿去吧。"她说。

她的模样简直让人心碎。等把杂货店的事情忙完了，我会想办法，让她与心爱的人长相厮守。我一旦下定决心，就一定能帮她解决这个难题，以后他们结婚了，只要多烤些饼干来犒劳我，我就满足了。其实每次我去咖啡馆，都会明里暗里提醒爷爷，我喝着果茶，状似随意地说："要是我以后有女儿，她爱嫁给谁就嫁给谁，根本不用征求我的同意，对情投意合的人，我肯定是举双手赞成。"可惜的是，爷爷对我的话，总是装聋作哑，假装没听见。

我找了一个空的饼干盒，把姑姑给的饼干装好，然后我把张罗来的各种本地特产，全部摆在货架上，排成一排，一眼望去，效果非常不错。这个本地特产的销售一旦火起来，夏天我就要雇全村的妇女来为我干活，而邻村的人，都会来我们这儿买特产，然后呢，我就要把店扩大。

我用纸板做了一个告示牌，挂在店里。

卡亚杂货店出售本地特产

没多久外公就来了，他也看到了告示牌。你知道接下来发生了什么？

接下来的事情大概是这样的：

"本地特产是什么意思？"

"本地特产，就是在本地生产制作的食物，比如番茄酱、果酱、泡菜、浓汤粉等等。"

"这我知道，我是问这些
东西怎么会在店里？"

"我拿来的。"

"我们这儿是没有番茄酱这些东西卖吗？你看，那边不就是吗？我们已经有这些东西在卖了呀。"

"可是这些是本地产的呀，会更好卖。"

"你从哪里搞来的？"

"这个嘛，说来话长，情况有点儿复杂。"

"你说的复杂是什么意思？你从谁那儿买的？付钱给人家了吗？钱哪儿来的？你从店里拿的吗？"

　　"没有没有，外公！我都是跟奶奶、阿姨、姑姑，还有我嫂子借的。等我把东西一卖出去，就马上付她们钱，反正我今天就能全部卖掉。"

　　"听着，孩子，家家户户都有这些东西，你打算卖给谁呢？而且谁家有需要的话，会有人白送。咱们这儿是个村子，左邻右舍关系都不错，哪怕你只是顺口说一下，家里没有浓汤粉了，马上就有人愿意送你一些，这样还有谁会从杂货店买浓汤粉呢？赶紧的，把东西都送回去吧，而且别再做这种奇怪的事情了，还有把那块板也拿下来。本地特产，哈！"

　　"这些是正宗的本地特产！你看这些饼干，就是比你卖的饼干好吃十倍。这些年来，我们店一直卖给村民质量平平的东西，你看小孩子全都蛀牙了，全都是吃薯片闹的，薯片呢，还不都是我们卖的？我的意思是，你要想一想，薯片！鬼才知道，到底是用什么东西做的！"我扯着嗓子，大声争论，把前面那个小孩儿脾气的顾客说的话，都照搬了一遍。

不过呢，我的老板，也是我的外公，他老人家直接把我从店里赶了出来。我没有办法，只得把借来的东西一样样还了回去，顺带把怒气撒在了这些人身上。我告诉奶奶没人喜欢她的番茄酱，说她以后得加把劲儿做好点；我跟泽埃尔阿姨说她的果酱糟透了；对胡里耶姑姑的蜜饯，我也说了同样的坏话；哈蒂杰阿姨的浓汤粉还有面条，也给还了回去，我把东西往她家门口一扔，然后一溜烟儿跑掉了。我实在太生气了，所以不管不顾，什么事都干出来了。

最后，只有饼干没有还。我实在没有勇气把饼干送回去。要是我真给拿回去了，那么姑姑可能会觉得，连真主也不保佑她，所以她没有希望与心爱的人在一起了。我怎么忍心让她经历这种痛苦？所以这些饼干到底被谁吃了，她不需要知道。

我抱着饼干盒，在湖边坐了下来。湖不大，或许只能算是一个水潭，或者池塘。湖水脏兮兮的，和沼泽一样，有一股怪味儿，几乎没人来。我喜欢这儿的青蛙，所以就拿着饼干过来了，萨达姆也跟了来。我把饼干给了它一些，它喜欢得不得了。于是就我一块，它一块，我一块，它一块，把饼干吃完了。

"给你吃，萨达姆。我们一起许个愿吧，愿天下有情人终成眷属。"

萨达姆跟我一起回到了店里。从今往后，我每天早上都会把店里最贵的饼干，喂给萨达姆吃。

既然外公那么不想赚钱，那最贵的饼干就都喂狗好了！

不让我帮店里赚钱，那我就帮店里亏钱吧。

这就是我的报复！

超级爱干净的
许奶奶

我在杂货店的工作，每日都有固定的安排。我按顺序写了一下，这样看起来就一目了然了。

扫地

擦柜台

查看货架，补充卖完的货品

擦干净面包柜台内侧

扔垃圾

店门口洒水（打扫内容之一）

做纸筒

做纸筒这个活儿可不简单，而且纸筒用处特别多。首先，你要把报纸剪成需要的大小，然后手工做出不同尺寸的纸筒。我们用纸筒装瓜子、螺丝、鸡蛋和窗帘挂钩，纸筒跟袋子的用途差不多。

外公要求柜台底下有纸筒，一伸手就能拿到，要是哪次去拿的时候，纸筒没了，他就要发火了，所以我一直特别注意，确保纸筒供应充足。

外公性格有很偏执的地方，他会因为最莫名其妙的小事而大发雷霆。比方说，他会因为塑料袋这个东西，频频发火。塑料袋有三种：一公斤装的、两公斤装的和五公斤装的。有人来买一公斤糖，我要是敢用两公斤装的塑料袋来装，外公就会发脾气。他为什么这样？我也不明白。

大人都是这样的，他们常常会因为**最不值得的事情**不开心。我当学徒没多久，就注意到塑料袋这个雷区，不过在冰激凌事件以后，不管装什么东西我都用五公斤装的塑料袋，就为了跟外公过不去。有时看他气得直瞪眼，我心里就舒坦极了。

那时候，没有卖袋装干果的。外公从供货商那儿买了二十公斤的瓜子回来，我们再用纸筒装着卖给顾客。碰到有结婚庆典或者宗教仪式的日子，瓜子等干果就会大卖，我们就要不停地装纸筒。

有一天，外公跟我说，晚上会有一场婚礼，让我开始准备纸筒，说完他就去吃午饭了，我开始剪报纸。

突然我想到了一个好主意！

晚上我们肯定要卖很多纸筒装的瓜子，与其等到晚上一个个现装，不如我现在就都先装好，到时顾客也不用等，而我们的服务速度也会加快。我觉得这个想法不错，于是马上行动起来。我装好了五十个纸筒的瓜子，然后把它们整齐地装到一个盒子里，等下外公回来，肯定要拍着我的肩膀，夸我聪明。

外公吃完午饭回来，看到盒子里的五十纸筒瓜子，问我：

"这是干什么？"

"装好的瓜子啊！给晚上的顾客准备的，我们坐着就能卖，都不用站起来，完美包装好的零食，您觉得怎么样？"

"你就那么懒吗？站起来给顾客服务一下，能把你累死？衣来伸手，饭来张口，说的就是你这样的吧？"

"天哪，你怎么会得出这些荒谬的结论？你对我一直有偏见，所以我做什么你都看不顺眼。"我真想这样告诉他，可小孩子不可以跟外公这样说话。

所以我只能说："我要是真的懒，怎么会这么麻利，把五十纸筒瓜子都准备好了？"

我正跟外公理论呢，这时超级爱干净的许奶奶走了进来，这下可真是祸不单行。

超级爱干净的许奶奶是我们村的洁癖狂。她最大的爱好就是清洁呀、消毒呀这些事情。她其实已经到了本应老眼昏花的年纪，偏偏眼神儿好得不得了，不管是微不足道的污渍，还是细微的灰尘颗粒，她一眼就能看见。回回来店里，回回都让我打扫。就算我说已经打扫过了，她却半点儿也不信。"我要亲眼看到你认真打扫了才算，现在赶紧开始干活儿吧。"我都记不清有多少次，我不得不拿出扫把来，在她面前重新扫一遍。更糟糕的是，还有别的顾客围观。

结果就是每次都尴尬无比，就算我想解释清楚也有心无力。况且我别无选择，只能乖乖地照她说的做。原因嘛，因为顾客永远是对的呀。即使顾客的要求很不讲理，她也还是对的。

有一天，超级爱干净的许奶奶派孙子来店里买东西。

这个胖乎乎的小男孩说，**他奶奶要买精盐。**

我四下看了看，没找到精盐。外公有时会把货品不知塞到什么地方去，除了他自己，没人找得到。我很快放弃了寻找。虽说我找得不怎么尽心，不过我还是给许奶奶的孙子拿了一包食盐，这样他也算有个交代。

"把这个给你奶奶，让她先凑合用一下，等下我会把精盐给她送过去。"

五分钟后许奶奶冲到店里来，质问我怎么敢取笑她，怎么这样不知道好赖等等等等。她不停地教训、教训，狠狠训了我一通，到最后也没管什么精盐还是食盐，就那么回家了。

许奶奶最喜欢的一样东西是**阿基夫水**。早些年——老早以前——有一种洗衣消毒液牌子，叫阿基夫水，后来这个牌子停产了，我们店里有不少别的牌子的消毒液，但是许奶奶特别固执，只认这一个。

"其实吧，阿基夫水不过是一个牌子而已，现在不生产了，有很多更新换代的产品，实质都是一样的，没区别。

那个牌子是消毒液，这些牌子也是消毒液。"

然而不管我怎么劝说，都没有用。

她什么也不肯买，空手回家了。半小时后，她又把孙子派来了："奶奶要买阿基夫水！"我觉得也许跟小孩能说明白，然后他回家可以说服奶奶。

"根本没有什么阿基夫水。警察把阿基夫抓住了，因为发现他往消毒液瓶子里撒尿，所以呢，这些年他卖给大家的，其实都是他的尿，不是什么消毒液。那个假消毒液颜色那么黄，就是这个原因。我们现在不卖这个假冒产品了。快回去把这个情况告诉你奶奶，我再给你一瓶别的消毒液。"

五分钟后，许奶奶怒气冲天地来到店里，外公正好也在。她又开始数落我的不是：卖个盐也取笑她，这么爱说谎，还肆意破坏一个好人的名声。唠唠叨叨，没完没了。

我心里想："阿基夫的名声跟你有什么关系，难道你是他的律师吗？"不过可不敢把这话大声说出来。

之后发生的事情如下：

"这些都是真的吗？"

"哦，外公，她太夸大其词了。"

"你好好说话，到底跟她说了什么？"

"我找不到精盐，就给她拿了食盐，说后面会把精盐给她送去。"

"怎么会找不到精盐？"

"就是找不到啊，老天知道你给放哪儿去了。要是能找着，我就卖给她了呀。我不想店里赚钱吗？赚钱了才能扩大店面，弄个二楼什么的。"

"别再提什么增加楼层的事了。阿基夫水又是怎么回事儿？"

"我也搞不懂啊！她特别固执，非要买这个。我跟她说我们这儿没有这个牌子了，她也不听。所以我就编了个故事，说阿基夫因为往消毒液瓶子撒尿被抓了。"

听到这儿外公也不禁觉得好笑。他强忍着，没好意思笑出声儿来，不过他眼睛里的笑意我可看得清清楚楚。他其实也不喜欢许奶奶，而且也不时被逼着重新扫地，别当我不知道。

"不要对顾客撒谎。不仅仅是对顾客，对谁都不可以撒谎。"

除了这个，外公没再说什么，我本来以为他要一直骂我呢。看来我料想得没错，他确实也不喜欢那个老太婆。

不过我想出装瓜子计划这天，第一个上门的顾客竟然是许奶奶，简直太糟糕了。

"给我两包瓜子。"她一进门就说。

我立即递给她两包事先装好的。

"给你，我一早装好的，拿着吧。"

"这可不行，我不要这种，谁知道你什么时候装的，说不定早就过期了。而且我也不知道你是怎么装的，你用杯子装的，还是直接用手抓的？你手干净吗？给我现装一纸筒，我得亲眼瞧着。"

外公看了我一眼，仿佛在说"你看吧，早知道会这样"，然后让我把之前装好的瓜子都倒回去。

我沮丧极了，把纸筒一个个倒空了。两个小时以后，在婚礼现场，我又把瓜子装回之前倒空的纸筒里，然后递给顾客。

我心情十分低落，写下了《如何应对大人：孩子需要注意的敏感事项》的第七篇。因为心情太糟糕了，我只匆匆写了几个字。

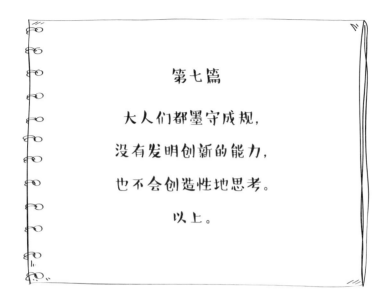

第七篇

大人们都墨守成规，

没有发明创新的能力，

也不会创造性地思考。

以上。

我爱你

　　要想成为一名优秀的学徒，你就要学会闭紧嘴巴。当然，说话或者吃饭的时候不能闭嘴，要张开嘴才能说话或吃饭。要说话没问题，但是必须知道什么能说、什么不能说，特别是涉及一些秘密的时候，因为在杂货店工作，你就会知道各种事情，就连别人不知道的，你也全都知道。

　　有时候手头儿紧的人会来店里找外公借点儿钱，外公则会叮嘱我，不能跟别人说，因为这些借钱的人，都是暂时碰到了难关。我当然不会告诉别人，看人来借钱也没什么意思。

　　有时会有人来跟外公说，借的钱他们实在无力偿还。这种时候外公总是会宽慰他们，让他们不用担心。外公这种做法其实我看着生气，不过也不敢说什么，因为我怕他。

　　有时闹了矛盾的人会来店里，外公就会劝解，然后吵架的人就和和气气地离开了。外公又会叮嘱我，不要告诉别人谁和谁吵架了。**我为什么要告诉别人**？吵架也很无趣呀。

不过碰上我对外公特别生气的时候，我就会去找爷爷，然后把这些事情一股脑儿都说给他听。因为我一直都不能跟别人说这些秘密，在心里搁得太久了，我就会给一些细节添枝加叶。可是我爷爷是万事都不关心的人，就算我跟他说"你家房子都着火啦"，他也只会慢悠悠地回答："**哦，真的吗……**"

所以，哪怕我把杂货店里听来的秘密都跟他说了，他也只会说一句："把这些都忘了吧，快去给自己倒杯果茶喝。"比起果茶，这些秘密都不算什么。

至于村里人人都知道的那些事情，我一点儿也不感兴趣，除了许克兰姐姐的事情。一有关于她的新闻，我就立刻支起耳朵。她到店里来，我总是给她一个大笑脸，因为她会买五个电话币，给男朋友打电话，我则要给她放哨儿。

"亲爱的，要是有人进来，你就敲敲窗户。"她总是这

样叮嘱，然后说，"不过你不可以偷听！"

"怎么会呢，许克兰姐姐。要

是你知道我每天在店里都看到些什么事情，你就不会这么想啦。有些没钱的人，简直把外公当提款机；有些吵得不可开交的人，在外公的调解下又言归于好了，你可没看见，他们在这儿吵得有多凶；还有那些欠债的，只消外公一句话，欠的钱竟然就能一笔勾销。我跟你说，就没有我不知道的事儿，不过呢，我可从来不告诉别人。"我这么跟她说。

只要她一进电话亭，很快就会沉浸到通话里，周围的情况根本无暇顾及。头两个币的对话我都不爱听，基本都是"你怎么样，你过得好吗，我哥哥说……我爸爸又说……"等等这些。

有意思的部分会出现在投了第三个币之后。

"我爱你，"许克兰大声说，"我太爱你了。"她信誓旦旦地表示。

"我想你。""总有一天我们会团聚。"

我耳朵紧贴在电话亭门上偷听，她会开心地大笑，把币都花光，然后红着脸离开电话亭。

她爸爸不同意她嫁给那个小伙子，就跟我爷爷不同意我姑姑的婚事一样，这些老头儿真讨厌，我暗暗发誓，以后一定要帮助有情人排除困难在一起。

秃头哈桑是许克兰的爸爸，他身材魁梧，长得跟个巨人似的，肚子也很大，显然平时没少吃。固执的老头儿，真烦人！（其实秃头哈桑是个很普通的人，我这么说他，是因为我觉得许克兰姐姐的男朋友，就是这么看待他未来岳父的。）

卖给秃头哈桑的东西，我有时会收他双倍的价钱，或者看心情涨价。他要是觉得我卖得贵，那就去别家杂货店好了，作为顾客，他可以选择。不过附近其实没什么别的杂货店，所以他只能来我们店，而且他压根儿没注意到我多收他钱。这些多收的钱我都单放了起来，留着将来给许克兰用在婚礼上，我是这么打算的。

后面许克兰再过来打电话，我每次都多给她五个币，不过并不算白送的。第一次多给的时候，她问了缘由，我说这是店里的推广活动，每周会随机挑选，多给某位顾客五个电话币。要是我告诉她，多给电话币的钱，是从她爸那儿搞来的，估计她就不敢用了。

多了五个币，就意味着有更多的"我爱你时间"。第一次确实是这样，两人甜甜蜜蜜地说了更多的话。可是到了第二次，在多出来的时间里，两人竟然一直在吵架。坠入爱河的恋人们哪，真搞不明白他们到底在想什么。

米鲁维特姐姐和费里特哥哥曾经也是一对彼此深爱的情侣，两人的恋爱过程非常戏剧化：米鲁维特的爸爸不同意两人的婚事，于是米鲁维特就说她要与恋人私奔，父女俩谁也不肯让步，然后费里特又跟未来岳父顶起来了，有些人跑去劝和，反正是热闹不断，最后两人终于如愿以偿结婚了，结果这夫妻俩又开始天天吵。他们就住在我家隔壁，所以我每天都能听到两人大声对骂。

现在许克兰竟然也开始与她男朋友吵架了，这太糟糕了，我不能再给她额外的电话币了，不仅如此，连本来正常卖的也不能给她，总之就是再也不给她电话币了！我还给秃头哈桑打折。他现在买东西都是付和别人一样的价格，我不再找他麻烦了。

许克兰再次来店里的时候，我跟她说，店里没有电话币卖了。我卖了信封和纸笔给她，让她坐下来慢慢给男朋友写信。等信写好了，她还是要拿到店里来，因为我们店负责帮村民寄信，外公每周去一次邮局，把代寄的信件送过去。

看亲笔写的信，可比趴在电话亭外偷听有意思多了。而且我还有机会修改我认为不合适的地方。

许克兰的第一封信写得挺好的，可是第二封信就变味儿了。我把第二封信的最后一页给拿了出来，换成了一首诗。

许克兰在电话上，每次都说我爱你，不过在信里却没写过，估计是担心信的内容给外人看到。可除了我，还有谁会看呀？我是绝不会告诉别人的，所以她尽可以写呀。

算了，既然她不写，那我就替她写一下吧。"不过呢，也不用这么直白地说我爱你。"我寻思着，就写写许克兰每天都在做什么吧。

我每天都起得很早，

起床后就做做打扫，

我经常去村里的杂货店，

店里生意总是很好。

我每周在那儿给你打电话，

不过店里不卖电话币了，

于是我就给你写信，

你看了信就会明白，

我有多么爱你。

诗写得简直太好了，所以我无论如何也没法假装这是她写的。信是她写的没错儿，可这首诗确实是我一个人的天才创作呀。于是我大笔一挥，在这首诗结尾，写上了自己的大名，然后把信寄走了。要是她男朋友问起我是谁什么的，许克兰可以给他解释，我不管了。

要是店里大事小情都得我操心，我哪里管得过来呀！

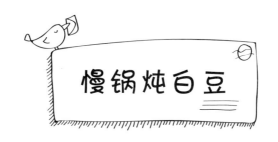

慢锅炖白豆

要说杂货店里我最喜欢的一样东西，不对，说最喜欢的不准确，应该说**最着迷**的东西，就是用来装散装香水的大瓶子。

这个大瓶子我真是百看不厌。外公把它放在角落里，是一个很大的、圆圆的家伙，装有一个可以按压的喷嘴。我给它起了一个名字，叫它**老板**，因为它独自立在墙角，很有领导气派。我们也卖小瓶的瓶装香水，不过老板的散装香水价格更划算。第一次给客户灌散装香水的经历实在太有意思了，从那以后，我每次都极力给顾客推荐这个划算的选择。

"真没必要买瓶装香水呀，你自己带一个空瓶来，我们从大瓶里给你倒就行。而且这个味道更好，是用柠檬做的，里面真的有柠檬哦，只不过被我们拿出来了。"

不过因为撒了谎，我不得不一遍遍地向真主祷告，祈求原谅。

　　为了这个店，我撒了太多谎，迟早有一天，会因为撒谎太多而死翘翘的。不过大香水瓶是那么的美丽，为了它死掉也算值了。每次走过大香水瓶，我都会往手上擦一些，香香的，特别好闻。

　　有一次，我甚至用香水洗了头，因为有人跟我说，用香水洗头发，再阳光一晒，头发颜色更容易变浅。用香水洗完头，我浑身都

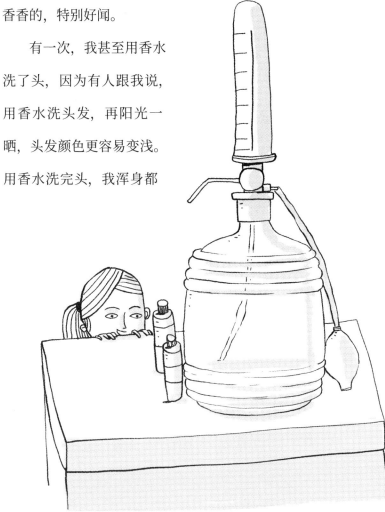

很香，不过坏消息是，香水给我都用完了。

汽水要是没有了，我就从冰箱里再拿一些出来。可香水用完了，要怎么补充，我完全不知道。

于是我去了仓库，翻遍了所有的瓶瓶罐罐，越找就越生外公的气，我一边抱怨，一边不停地问自己，他到底会把香水放哪儿呢？最后还是什么也没找到，空着手回到了店里。

我看着大香水瓶，问它："咱们现在可怎么办呢？老板？"

我也不是没想过，干脆往瓶子里灌水算了。不过要是外公发现兑了水，肯定要生气。卖牛奶的努雷丁老是往奶里掺水，外公很不满他这样做。要是给他逮到我往香水里掺水，肯定要对我大发雷霆。

"要是他问起的话，我就说香水给我卖光了。之后再向真主好好祷告，祈求原谅好了，也没什么难的。"

然后外公果然问我了。

他一进门就问：

"这什么味儿？怎么一股理发店味儿？"

"我卖了不少香水，估计是这个缘故。"

"今天也不是什么特别的日子，怎么这么多人来买香水？"

"我也不知道。邻村来了一些人，说，嗯，说他们那儿有祭奠活动。我卖给了他们三瓶香水。"

"祭奠活动吗？"

"没错儿，他们是这么说的。他们说要给来的客人送一些香水。"

"你过来。"

"干什么？"

"头低下。"

"……"

"香水还往下滴呢！孩子，你是不是用香水洗头了？谁把你养成这样？你怎么老是做这些奇奇怪怪的事情？你真的把所有的香水都用来洗头了吗？"

我又羞愧，又后悔，香水味儿也熏得我头疼。我边哭边从店里跑了出去，把唠唠叨叨的外公抛在了身后。我坐在太阳底下，连跟真主祈求原谅也懒得做了，结果头发颜色一点儿也没变浅。

这次闯祸以后，我就不再靠近老板，自动离那个大香水瓶远远儿的了。

香水在冬天也有大用处。前面我说过，冬天来了以后，外公会在店里装上暖炉。放寒假的时候，我也会来店里帮忙，只要外公一不在店里，我就倒一点儿香水出来，往炉子上一滴，香水里含有酒精，炉火会因此变色，会变成蓝色或紫色，我就给小孩子变这个戏法玩儿。

"我给你们表演一个戏法儿，看到我手里的香水了吧，只要我把它往炉子上一滴，就会冒出蓝色的火焰，你们在家里也可以试试，很好玩儿的。"我一个人玩这个游戏多没意思，大家都来尝试才有意思。

有一天，我被外公逮住了。我全神贯注地变着戏法儿，他进来了都不知道。**毫不意外，他又发火了。**

一开始我以为，外公发火，是因为怕我把香水都祸害光了，真是小气的外公！然后又想到，他是我外公，不应该这么诋毁他。于是我又想，可能他怕我把店给烧了，他要赔光家底，所以生气了。我万万没想到，他竟然是担心我不小心弄伤自己，因为小孩子不大会意识到，自己可能会受伤这种事情。

这么说吧，小孩子不太能分清事情的轻重。不过呢，孩子也就只有这么一个不足之处吧，**小孩基本上是十全十美的。**

杂货店装了暖炉，室内肯定暖融融的，顾客可以安心购物，不用赶时间。我很喜欢跟顾客聊天，所以一点儿都不介意他们在店里蹭暖气。

有时候我会玩一个游戏：一有客人进来，我就说："天真冷啊，对吧？"要是猜对了顾客的回答，我就奖励自己一根巧克力棒。答案包括"一点儿没错儿""我冻得手都僵了"，或者"对呀，太冷了"。基本上不管结果如何，我都会得到巧克力棒，因为要是没猜对的话，我就干脆买一根巧克力棒安慰自己。

顾客在进店以前，要在门口拍掉身上的尘土或者落雪，只要他们这么做了，爱在店里待多久都没关系。不过呢，也有顾客不肯在门外这么做，进门一身雪，跟雪人似的，到了屋里才抖落，把地上铺的纸板都弄湿了，搞得我要不停地更换。我讨厌死这些到了屋里才抖雪的顾客，因为要换纸板的话，我就得跑到院子里去拿，一来一回，每次都**把我冻得半死。**

相对而言，冬天店里还是比较安静的，来买东西的人不多。我最喜欢新年前的一周，虽说我们只是村里的小杂货店，但是也跟别的地方一样，要庆祝新年。

每年我们都会往窗户上写四个大字："喜迎新春！"

距离新年还剩十天的时候，外公会把仓库里的钢货架拿出来放好，然后再把贺卡都拿出来，全都摆到钢货架上。卡片有城市风光，有雪景，也有明星，人们会在卡片上写下祝福的话语并寄出去，什么"祝新年快乐，并希望……"，有些是寄给远方的爱人或亲戚，大多数是寄给服役的朋友，为他们送上新年祝福。

往年的卡片并不总能卖掉，所以我们就把新旧卡片一起放到货架上，新的和旧的反正区别不大，都一样是城市风光、明星、雪山景色等等。

一天，我正分门别类地摆放照片，突然一个**好主意**冒了出来，现有的这些贺卡实在太乏味了，我能做出更好的。等我做出精致美丽的新贺卡，全村人都会为之惊叹，到处都会有人说起从我们村里寄出的贺卡（当然是我做的），然后明年我就需要做更多，因为太受欢迎的缘故。结果就是，我会因此发大财，赚的钱可以用来扩建杂货店。

我每天都在琢磨贺卡的事情，先在脑子里勾勒出形状，然后决定细节都要怎么做，贺卡需要一定的厚度，因为没有现成的材料，我从笔记本上撕了几页下来，然后粘在一起，其实这个厚度还不够，不过眼前只能凑合着先用。

我简直把所有时间都花在了贺卡上。有时我在构思，有时我在涂画；有的想法我喜欢，有的想法我不喜欢；有的设计我保留了，有的被我舍弃了，然后我又把之前的想法推翻，从头来过。

送给情侣的，我在卡上画了爱心，写上了"我爱你""我今年还是爱你"这样的话，最后画上配图。

送给亲戚的，我画了一些花花草草。谁说冬天寄贺卡，就一定要是雪山景色什么的？我觉得这样很傻。如果人们想看雪景，只要往自家窗外看看不就行了？冬天里就应该给人寄些画着大海呀、鲜花呀、绿树呀等等的贺卡，这些看了肯定**精神为之一振**的景色。所以我只画了花花草草，不会画雪景的。花朵我画得不怎么好看，不过轮船图案确实达到了**一流水平**。

给情侣的卡片搞定了，给亲戚的卡片也搞定了。不过寄给服役友人的卡片要画什么，我真是一点儿概念也没有，而且人们为什么要给服役的朋友寄卡片呢？

这种卡片上要画什么？

我想了想，觉得问问身边以前服役过的大人，在部队都做了哪些事情，估计会有所启发。于是我找人去问："你服役期间主要是在做什么？"

我先问了叔叔。"我们在军营周围捡垃圾，天天捡垃圾。"

然后我问了另一个叔叔。"我们每天都要很早起来，我最讨厌起早了。"

我又问了另外一个叔叔。"我们只有炖白豆吃，别的都不记得，只记得炖白豆。在部队天天吃，现在一看到炖白豆就想吐，我永远不会再吃这东西了。"

老实说，我原本以为会听到一些更精彩的故事，比如说："敌人打过来了，我们马上迎战，一颗子弹朝我射过来，我的朋友冲上去，替我挡了下来，救了我一命，自己却负了伤。我在他病床前日夜守着，医院里有位好心的护士，我对她一见钟情，后来我们结婚了，而伴郎正是当年救过我的好友。"

而叔叔们说的这些东西，完全没有任何参考价值。什么捡垃圾、晨间集合、炖白豆，没有一样值得画到贺卡上呀。

我考虑了半天，觉得也就炖白豆还算能用，于是就画了一碗，背景是橘黄色的，然后是一碗奶白色的炖白豆。考虑到别人不一定能看出来我画的是炖白豆，于是我又在卡片下方，写下了"炖白豆"三个字，还加了一行小字："和从前一样的味道"。我自己不怎么满意这个设计，于是把它放在了卖得不好的贺卡一边。

为新年准备的货品在店里陆续上架，我把自己制作的贺卡也拿了出来。我的贺卡或许没有许利亚·阿夫沙尔[*]的明星照那么受欢迎，不过肯定要好过那些雪山景色贺卡吧。不过很奇怪，我的贺卡没人来买，我给来店里的每个人都看了我的贺卡，可是没有一个人感兴趣。

一天，奥斯曼来店里买东西，他是很不招人喜欢的一个男孩子，正是十六七岁的年纪。他挑拣着贺卡，一直挑，一直挑，一直挑，最后拿起了炖白豆那张，说要买。

"这张我不能卖给你，你都还没到服兵役的年龄呢，所以不会明白这张卡片的寓意，而且你也没有正在服役的朋友，可以寄这张卡片给他。"

---

[*]　许利亚·阿夫沙尔（Hulya Avsar），土耳其女明星、流行歌手。

"说得好像你当过兵似的，你当过吗？"

我竟然无法反驳，他说得没错，我也没当过，最后我把贺卡卖给了他，不过收了双倍价钱。

我的自制贺卡生意就这么惨淡收场，我本来还以为大家都会爱上我的贺卡，家家都会买一张呢。

我很沮丧吗？是的。

我再次尝试了吗？没有。

我感到泄气了吗？是的。

奥斯曼走了以后，我从大香水瓶"老板"里面倒了一些香水出来，滴在炉火上，腾起了一团漂亮的紫色火焰。外公走进来，揪住了我的耳朵，而我则呆呆地看着火苗。

"再也不许碰香水瓶！"

外公真的有超能力，他总是有本事悄悄地来到店里，在我最没有防备的时候，把干坏事儿的我抓个正着。

非洲小朋友

对于坎迪尔节，我有一份特殊的喜爱。我老家的人常说，不管你有什么愿望，只要在这几晚虔诚祈祷，愿望就都会实现。每逢坎迪尔节来临，我都会特别高兴，蹦蹦跳跳，看到我手舞足蹈，我妈和我外婆也会特别开心，她们会说："看她多喜欢坎迪尔节呀，愿真主保佑她。"

不过，今年我有一个**新计划**。

坎迪尔节期间，孩子们会亲吻长辈的手，送上节日祝福，然后长辈就会送给孩子们很多好吃的东西。这些东西都是在哪里买的呢？当然是在杂货店啦。杂货店是谁家开的？我们家呀。所以一到坎迪尔节，**店里就会卖很多东西**。大人们祈祷结束以后，从清真寺一出来，就会到店里买好吃的，然后送给孩子们。小孩子们老早就站成一队，等着从大人那里领到自己的一份礼物。

因为坎迪尔节孩子们都收到了很多礼物，所以之后会有一个星期，店里都看不到孩子们的身影。

整整一个星期都没有孩子来买东西！

坎迪尔节会让杂货店销量大增是没错儿，不过谁说这种好事只能是一锤子买卖？谁规定了只能捡一次宝？当然是卖得越多越好呀，**所以呢，我得好好想想办法。**

坎迪尔节到了，这一天我早早出门了。我心情很好，不过也隐隐感觉烦躁。开心的是，今天我会卖出很多很多饼干和巧克力；烦恼的是，我很清楚，随后的一周生意会明显减少。我还没找到解决问题的方案，想要找出一个解决办法，**这个念头在我脑子里一直打转。**

外公最大的爱好就是看报纸。自打收我为学徒以后，他对店里的事情完全放手不管了，只顾整天看报纸，不管是吃饭、祷告，还是去咖啡馆，甚至上厕所，都恨不得能把报纸带着。

店里每天都有报纸送来，而每份报纸都有固定的主顾，谁每天要看哪份报纸我们都一清二楚。报纸一早就会送到店里，不过直到午饭时间我们才会往外卖，因为外公要把别人的报纸都先看完，等他看完了我们才能卖。我觉得**外**

公肯定是地球上知识最渊博的人，不过呢，要是我也跟他一样，把每份报纸都看完，这个头衔我也担得起。

午饭后，外公会看他自己订的报纸，因为上午他得先看别人的报纸，所以自己这份显然得等到最后看。我不能理解，从不同的报纸上看关于同一条新闻的报道，到底有什么意义？不过外公就是喜欢。他往那儿舒舒服服一坐，津津有味地看报纸，偶尔还看我一眼。我一直都搞不明白，他是怎么做到一边看报，一边还能精确无误地逮到我犯的每一个小过失。

外公不在店里的时候，我就会学他的样子，这是我发明的游戏，因为有时候店里很无聊，而且也不是总有顾客来来往往。

游戏是这样的：我学着外公的样子走到店里，说话的声音也模仿他，用外公的调子说：

"早上好，你扫完地了吗？"我一边问，一边扫视地面。

然后我变回自己，回答：

"扫完啦，外公。店门口我也洒水了。"

然后我又变成外公，说："干得不错！你真是一名非常优秀的学徒，这个店没有你可不行，把你雇来真是一个正确的决定。"

　　外公当然不会这么说，这些话都是我想出来的。我要是当外公的话，就会对我的孙辈这么说。

　　然后我说："现在我要看会儿报纸。"说完往椅背上一靠。

　　我还不忘时不时抬头看看小学徒（就是我，虽然那里根本没人）在做什么。我觉得这个游戏特别好玩。

　　有一天，我又在玩这个假装外公的游戏：我拿起报纸，先看了体育版，基本上我都是从后往前看，从最后一页看起，这样才显得跟外公不一样，他可不会这样做。老实说，报纸前几版的内容也真的很无聊，总是关于总统啦、党派啦、谁赢啦、谁死了，特别没意思，后面的内容有意思多了，所以我才喜欢从后往前看。

　　在中间的某一页，我看到了几幅图片，满载食物的车，还有非洲小朋友。每次只要我一剩饭，我妈就会训斥我，说："你看你，还剩饭，非洲小朋友都没饭吃，他们的妈妈只能煮石头给他们吃，石头！他们都在忍饥挨饿，你却这么挑剔，这不吃那不吃，真是太不懂得珍惜了！赶紧把饭吃完！"

每次我妈这样唠叨，我都烦死了。

"对对对，非洲你都去过一百次了，所以才什么都知道，你肯定也亲眼见过非洲小朋友的妈妈煮石头！"

我一边这么回嘴，一边把饭吃完。

看到报纸上这些孩子的照片，我马上就想起了我妈，然后好心情也没了。我妈在家真的是每天不停地数落我："赶紧吃饭；把自己收拾干净；不要把家里搞得这么乱；别挖鼻孔；好好说话不要大喊大叫；你听我说……"谢天谢地，能来杂货店工作真是太好了，我终于能光明正大地从妈妈的魔掌中逃出来了。

有一位奥斯曼爷爷，虽然我一直没搞清楚他到底是谁的兄弟，不过我知道要管他叫爷爷。他有时会来店里，让我给他搬个椅子，然后就往那儿一坐好几个小时，他退休了，不用上班。有一天我问他：

"您就这么干坐着，不觉得无聊吗？怎么不回家？"

"在家里我整天都要听我老婆唠叨，有她在，我根本没法儿休息，我做什么她都要管。我是出来躲她的，你看，你一提她，我心情都变差了。"

我很理解奥斯曼爷爷，特别理解他，因为我跟他同病相怜，我要躲我妈。这不，我一看到非洲小朋友的照片，就想到了我妈，然后我的心情也变差了，于是我把报纸扔到了一边。

不过那一瞬间，一个**绝妙的**想法冒了出来。

我把报纸捡了回来，又翻到了有照片的那一页，真不可思议，我之前怎么会没想到呢？我把非洲小朋友的图片剪了下来，这份报纸韦达特叔叔会来买，是集奖券用的，内容估计都没看，因为每天下午他一来店里，就会说："快把电视打开，看看咱们国家有什么新闻大事。"要是他把买的报纸看了，那么发生了什么新闻大事，应该早就从报上看到了。我没碰那些奖券，所以完全不用担心，韦达特叔叔也不会注意到，他的报纸给剪掉了一块。

我把非洲小朋友的照片贴在一个空纸盒子上，然后把盒子藏了起来，最好还是先别给外公看到。

一到晚上，村里的孩子们就两眼发亮，一副饿狼的样子，聚在杂货店外面，他们都带着大袋子，就跟一辈子都没见过巧克力或者糖果似的。他们都在等，我出了店门，跟他们坐一块儿。有个孩子拿出一些饼干分给大家，饼干是用**松松软软的黄油面团**做的，闻着就很香。不一会儿孩子们就把饼干都吃完了，只能舔手指。我一块饼干也没拿，一块也没吃，我很想吃，但是忍住了。

厄兹莱姆问我，为什么不吃饼干。

我稍稍提高了音量，说：

"我跟你们可不一样，我是有同情心的。你们就只知道吃吃吃，而非洲的小朋友们却都在挨饿。就连那些你们不爱吃的饼干，非洲小朋友也吃不着。一想到他们什么吃

的都没有，我就什么都吃不下了，你们也拿出点同情心吧，哪怕是一点点。"

说完我就转身回到店里。

我得工作，得卖东西。我卖了很多饼干、巧克力和果汁。买了东西的顾客，一出门就把这些送给了等在门外的孩子们，各式各样的零食都被孩子们装进口袋，眨眼间就装满了，对他们来说，今晚是大丰收。

等最后一个顾客离开了，我就拿出事先准备好的盒子，上面贴了非洲小朋友的照片，出门去找村里的孩子们。

"听我说，孩子们，现在给你们一个做好事的机会。这些非洲小朋友们都在挨饿，也从来没吃过你们口袋里装的这些好吃的，请大家把零食都捐出来吧，放在这个盒子里就行，我会把这些吃的寄到非洲去，今天是坎迪尔节，请把你们的爱心，分一些给这些可怜的孩子们吧。"

我敢肯定，每个小孩此时都想起了自己的妈妈，因为他们在家里都听到过一模一样的说教。

尼尔京头一个把一袋子零食捐了出来，然后内斯林、奥尔贾伊、恩代尔也捐了，到最后，所有孩子都捐出了自己的袋子，我的盒子都快装不下了。这样一来，我把孩子

们收到的礼物，都给收回来了。我感谢了大家，对他们说，他们都太有爱心了，然后孩子们就回家了，而我知道，没了这些礼物，明天他们还会到店里来买东西。天啊！我真是太聪明了！外公有我这个学徒真是太幸运了。

外公来店里，看到了地上放着的大盒子。

"这是什么？"

"什么是什么？"

"这个。"

"盒子。"

"我知道是盒子，里面是什么？"

"慈善募捐。"

"什么慈善募捐？"

"给非洲小朋友的慈善募捐。"

"什么募捐？你说是给谁的？谁给你这些东西的？"

"我募捐来的。"

"从谁那里募捐来的？"

"村里的小朋友。这些是他们的坎迪尔节礼物，都交给了我，要送给非洲的小朋友。你要知道，坎迪尔节不仅我们要庆祝，非洲的小朋友们也要庆祝呀。"

"你知道非洲在哪儿吗？"

"去问我妈就行了，她肯定知道，她去过好多次了。她知道怎么去，可以带你去。"

"你好好回答我，这些东西你到底要怎么处理？为什么你老是这样？为什么你老是做些奇奇怪怪的事情，都不问我一声？"

"我做这些都是为了你呀，为了你！要是每个人都有一袋子糖果，孩子们还会来店里买东西吗？接下来的一个星期，你都不会有什么生意上门。你希望店里的东西都过期吗？是这样吗？"

外公吃了一惊。

"就是为了这个缘故，你把孩子们的礼物都没收了？"

哦，这下他终于明白我在干什么了；这下他总算要高兴了吧？

"对呀，就是为了这个目的。你现在明白了吧？为了我们自己！为了店里能卖出更多东西。"

外公竟然更生气了。

"这简直是犯罪。真是太可耻了！你怎么是这样一个孩子？"

我再也忍不下去了，干脆把自己的想法一股脑儿都说了出来：

"给非洲的孩子送一些东西，有什么可耻的，啊？哈吉，你这是啥人啊，简直了！你都分不清什么是犯罪，什么是善行。村里的孩子们都在坎迪尔节收到一大袋子的糖果，而非洲的小朋友却都快饿死了，你觉得这样也没问题？我们的世界还能不能好了？"

说完我就跑了，不过离开之前，我从货架上拿走了自己的笔记本。

我写下了《如何应对大人：孩子需要注意的敏感事项》的第八篇。因为太生气了，我的字写得乱七八糟。

要是你不吃完晚饭，

他们告诉你非洲的小朋友都在挨饿，

都没有东西吃。

等你要给非洲孩子寄一些食物时，

他们又说，你性格怎么这么古怪？

我说我要一杯水，他们说我已经长大了可以自己倒。

我跟他们说我要自己住，

他们突然又说我是小孩子了，不可以这么做。

他们都是这么讨厌！大人太烦人！

我有一个星期没去店里，外公跟我妈说，不准我去，他还说，我爸妈应当再教教我做人的道理。我妈特别生气，数落我的各种不是，说了一个小时还没说完。

她说我"没教养"，这太伤自尊了。

"那你以前怎么不教我做个有教养的人？你不是我妈吗？难道你还指望邻居来教导我吗？"我大喊。

她朝我扔了一只拖鞋，我从家里跑了出来，不过我不要去杂货店，之前的事伤了我的心。

从家里跑出来之前，我对着妈妈大吼：“你爸爸算哪门子杂货店老板？”

我去找爷爷，去了咖啡馆爷爷那儿。

“我能在你这打工吗？”

我竟然跟奥斯曼爷爷走上了同一条路，只要能躲开我妈不见她，不管去哪儿干什么都行，在咖啡馆当学徒**也愿意**。

整整一个星期，我天天喝果茶度日。早餐喝橘子味儿果茶，中午喝苹果味儿果茶，下午喝一杯混合果茶。爷爷说，

一杯果茶里放一勺果茶粉就行，不过我都放两勺。

就让他们都破产好了！反正他们都是铁石心肠，一点儿也不会心疼别人。

过了一周，我开始觉得无聊。果茶是好东西，但是也不能天天喝，渐渐地就会想吃巧克力和薯片这些东西。我问爷爷：

"你听到什么消息没？你知不知道我外公把那箱东西怎么处理了？那箱给非洲小朋友的慈善捐助食品，他跟你说了吗？"

"不知道。"

"那你倒是去问一下呀。你这个人真是太没有好奇心了！我待在这个咖啡馆里，真是闷死了。你难道不爱我吗？我现在全身百分之九十九都是果茶做的。"

我知道他心里还是爱我的，我就是想知道，最后他同意去问一下。

他去杂货店买了糖回来。

"问题解决了，你外公把那箱东西送给了清真寺里的伊玛目，然后伊玛目把零食分给了去清真寺的孩子们。"

那些东西都是我为了外公才募捐的，结果他拿去做了人情，真是让人无语！

　　我不太喜欢那个伊玛目，不过这是另一个故事，跟本书无关。

　　"他还生我的气吗？"我问。

　　"不生气了，他挺想你的，说自己一个人忙不过来，希望你回去帮忙，快去吧。"

　　他没说实话。

　　"那你怎么办呢？你自己能行吗？"

　　我洗了一个星期的碗，他已经习惯有我帮忙了。

　　"我自己能应付过来，你去杂货店吧。"他说。

　　他当然能应付过来。咖啡馆的生意已经有些年头了，开张的时候，可没找我来出谋划策，就算找我，我也给不出什么有用的建议，咖啡馆根本不需要我。

　　我急匆匆跑去了杂货店。

　　外公还是老样子，坐在椅子上看报纸。

　　我抓了一把干果，坐在了糖箱上。他连报纸都没放下，说："给我递点儿干果。"

　　我递了一些干果给他，然后把地扫了一遍，店里这一周应该都没有扫过地。

没有我，他真是什么都干不好。

"我是没教养，不过你也离不开我，我说得没错吧？"

我真想这么说，不过我决定不再揪着以前的事不放。

我回来了……

孤独的 韦叔叔

  我们有个顾客叫韦叔叔，他确实在我们这儿买东西，不过从不到店里来，最好的顾客就是这种不用直接打交道的。

  外公对所有的顾客都一视同仁。对顾客，他既不讨厌，也谈不上喜欢，而且他从不说任何顾客的坏话。我就做不到这么平常心，我把来买东西的人分成了四类：麻烦、很麻烦、超级麻烦和正常。最有意思的是超级麻烦的顾客，要是没有他们，杂货店的工作肯定要无聊透顶。不过尽管如此，我还是觉得，要是不用看到这些主顾的脸，就更好了。

  我觉得最佳的购物方式，就是电话订购。顾客打电话过来，告诉我们需要什么，如果我们有对方需要的东西，我们就给送去，如果没有，我们就不送，完全不存在毫无意义的犹豫不决，也不用拿起东西翻来覆去地研究，也不用问"你有这个吗？你有那个吗？"。只要告诉我们你要什么，然后结束通话，就这么简单。不过，我们只有一位顾客是这样买东西的，那就是韦叔叔。除了他，别人似乎都特别喜欢直接到店里来买东西，年纪大的老奶奶拄着拐杖也要来。我一直跟她们说不用亲自来，**可别累着了**，我可以把东西送上门，可是没人听。这些老人反而是我们的常客，来得很频繁，**还常常给我添麻烦**。

村里有个诊所，诊所里有一名大夫，还有一名护士。不过老人家都不爱去诊所，反而都来找我。我想，可能是因为我比大夫和护士都**更有能耐**吧。

好吧，事情的起因是这样的：一天，卢阿姨来店里，说要买一公斤米，于是我就给她称了一公斤米。

"这是什么？"我递给她袋子，她不但不接，还质问我。

"你说要买米，这是你的米呀。"

"我要用小麦米做饭，为什么要买米呢？我不需要米。"

我恼了："是你说要买米，我才称的。要买小麦米你不早说，我当然会立刻给你称小麦米，你以为我傻吗？"

我不是在乱发脾气，因为本来就不是我的错，而且称米这活儿一点儿都不轻松，米老是撒出来，一点儿也不好弄。每次称米我都觉得烦躁，现在竟然还被责怪搞错了。

卢阿姨说："哦，对不起，孩子。我头疼得要命，自

己说了什么都不晓得。"

"那你不是应该吃药缓解一下疼痛吗？"我问。

她说家里没有药了，她也懒得去医院。

外公有一袋子药，这会儿正挂在店里的墙上。

"我给你拿一片吧。"我一边说，一边往袋子里摸，止痛药有两种，我不知道该用哪一种。

"到底是哪儿疼？"我问。她指了指脖颈后面。奶奶总是说，脖颈造成的头疼，是因为血压的关系。

于是我做出了诊断："你血压太低，所以才会头疼。"然后我就拿着两种止痛药，**默念"一二三四五，上山打老虎"**，用手指轮流点着，最后点到"虎"字的那片，就给了她，还卖给了她一公斤酸奶，让她回去用酸奶加点儿盐，**做成有点儿咸味的饮料，没事儿就喝点**。这些都弄完，她回家了。

过了几天她又来了。

"再给我一片那个药。"

"你当我们这儿是药店吗？"我真想这样跟她说，不过最后只是默默地在心里念叨了一下。店里的东西，理论上讲，都能卖。我看了看药盒，药片一共有二十片，药盒上还贴着价格标签，于是我把总价除以二十，然后再加了一点点利润，把药片又卖给了她一片。我这是在为她提供服务，而我的服务也不是免费的，得收点钱，够我买糖吃的钱。

一开始她大声说："**什么？难道不是免费的吗？**"说着要把药片放在柜台上。

"药店难道不收钱吗？你不买没关系，反正头疼的又不是我，是你的头需要止痛片。"

于是她付了药钱，回家了。

隔天她又来了，又过了一天，她让梅阿姨替她跑腿儿。

"我听说你这儿有好使的药。我腿又酸又痛，**也给我一片止痛药吧**。"她说。

"这药是治脖颈问题引起的头痛的，不治你的腿。治腿痛不是这个药，我卖给卢阿姨的，不是治腿痛的药啊。"我回答。

"那你就卖给我管腿痛的药吧，"她说，"我的腿太痛了，都快要了我的老命了。"看来腿痛确实把她折磨得够呛。"那你指给我看看，"我说，"到底是哪里痛？"她指了指膝盖。这个我知道，有一次我摔倒了，磕破了膝盖，也痛得要命，我觉得自己很理解她的痛苦。

"你等一下，"我说，"先过去坐在糖箱上。"她一把年纪了，还被腿痛折磨，去医院的话，肯定也要排长队，所以我想："还不如让她坐在糖箱上等。"

我去了太婆婆的家里，她是外公的妈妈，真的很老了，而且很容易**生气**。她生来就爱发火，至少我这么觉得，她应该是带着怒火来到这个世界的。她整天发脾气，连苍蝇都会惹她不高兴，被她骂一顿。人人都害怕她，不过她却非常喜欢我，因为我每次都会从店里偷偷拿哈尔瓦酥糖给她，别人都不让她吃甜的东西，我却不管那一套，要是连酥糖都不能吃，**活着还有什么意思**？所以我每次都带酥糖给她。

我跟她说，外公让我来，把她现在吃的管风湿的药先拿走，之后会去药店给她买几盒新的，太婆婆就把药给我了。**有人给她买药还不用她花钱，这种事情她最喜欢了**。我把从太婆婆那儿拿来的管风湿的药，给了梅阿姨。

我告诉她"每六个小时吃一片"。有一次我生病了，医生就是这么说的。梅阿姨拿着药回家了，不过第二天又来了，我卖了一样的药给她，**并祝她早日康复**。这次我可真没干坏事，而是在帮大家治病恢复健康。

第二天许斯尼耶女士来了，她在拉肚子，这个容易，我回家拿了几片阿司匹林，放到汽水里，让她喝下去，然后她回家了。我不仅把阿司匹林卖给了她，还卖了汽水，但愿她第二天能好起来。

不知怎么的，村里的老婆婆都相继来找我看病了。我定期给她们量血压，量血压这个项目收费可不低，因为要冒的风险太大了，每次我都得去把外公的血压计偷出来，要是哪次给抓到了，我就死定了。不过冒这个险很值得，因为利润很可观，每次我都捎带卖出一公斤酸奶。**"你的**

血压太低了，要多喝点爱兰威酸奶。"就这样，我又给店里找到了一项新的收入来源。

有一天，医生来了店里，就是村里诊所的那个医生。他挺喜欢我的，我也很尊敬他，因为毕竟他刻苦学习了很多年，才当上医生，也算是出人头地了。跟别的大人一样，他也爱问我，长大以后想做什么。竟然连他也不能免俗，也要问这个问题，我感到很失望，不过还是回答他说，我想做杂货店老板，而且我也不用等到长大成人，因为现在杂货店已经归我管了。听我这么一说，他立刻哈哈大笑。我已经掌管杂货店这事儿，似乎让他觉得很好笑。大人都这样，你明明只是道出了一个事实，他们却觉得你说了什么好笑的事情。

趁着他在店里，我赶紧问了一些诊疗的知识。喉咙痛要怎么办？如何判断病人是不是尿路感染？要是有人连着吐了两天，要怎么治？不管我问什么问题，他都要发笑。外公以前常说，读书太多脑子会傻掉，我觉得读书太多读傻了，说的就是医生这样的人。尽管不停地傻笑，他还是回答了我的所有问题，所以他爱笑就笑吧。只要他肯回答我的问题，其他的都不重要。

外公朝我使眼色，让我不要再问了。他从来都不喜欢我跟客人一直聊天，特别是跟医生或者老师聊天。外公从来不用开口说他不高兴了，他只要眉毛一挑，你立刻就明白，他生气了。只要他眼一瞪，嘴一噘，就是让我闭嘴的意思，不过我很少乖乖照办。

那天我也没有闭嘴，因为我需要跟医生学习，了解这些跟我工作相关的知识。我的短期计划还包括，尽快跟凯兹班护士学习怎么打针。

我一边不停地问医生问题，一边哄他开心，这时，患头痛的卢阿姨和患风湿病的梅阿姨出现在店里。她们竟然结伴一起来了！糟糕！我使劲儿打手势，示意她们赶紧离开，不过两人根本没注意到，因为她们眼神儿都不太好。

"我头疼得厉害，这是又犯病了。上周感觉没事了，不过现在又痛了，还是从脖子开始痛。"卢阿姨说。

医生问她是否还有其他症状，不过卢阿姨看也不看医生，只盯着我说话，然后梅阿姨接过话茬，开始说她腰痛的问题，医生又问，以前是什么地方痛，什么时候开始的，她也一样，只盯着我说。

我不是没想过逃走，不过店很小，还挤了五个人在里面，两个老阿姨拄着拐杖，挡住了我的去路。她们要从我这儿买药，说自己痛得受不了了，睡不好，走路也不行，说我会给她们药。

外公比医生先一步搞清楚了状况，毕竟他跟我朝夕相处，更了解我，而医生还没搞明白，这到底是怎么回事儿呢。这下，外公可不只是生气那么简单了，他简直怒不可遏。

"你给她们开药？"

"她们生病了呀外公，她们身上痛，还睡不着觉。"

"你给她们开药？"

他又问了一遍，这下貌似问题严重了，我立刻全部坦白。

"是的，这些药对她们有用。"

医生终于插上了话，问我：

"你怎么能随便给她们吃药呢？"

"我可不是随便给的，我认真听了她们的情况，如果头痛是从脖子开始的，就是血压问题，我一直都给她们量血压，血压确实低。"

"你还量血压？"

"不是每次都量，需要的时候会量，比方说，梅阿姨得的是风湿病，就不用给她量血压。对吧，梅阿姨？"

我故意这样问，是希望得到援手，果然，两位老阿姨立刻开始说我的好话。她们说，医生总是让她们做更多的化验，而她们没空儿去做这些没完没了的化验。她们说我给的药对她们的病有用，而且也能助眠，她们都睡得更好了。

"而且还便宜，"梅阿姨说，"她一片一片卖，所以更便宜。"

她可真不该说这事儿，外公本来态度都缓和一些了，一听这话，又生气了。

"你还收钱？你怎么能这样？你到底是跟谁学的？怎么老是做这种事情？"

外公问了我一连串问题，这时太婆婆走了进来。

"许克吕，我的药呢？你把我的药拿走了，一直都没给我拿新的来，就算我死了，你也不会知道吧？赶紧给我买药，我的腿又痛了。"

"就算你都当外公了，也还是有妈妈来教训你啊。"我暗想，"来得正好，这下你也尝尝，当着大家的面给人痛骂一顿的滋味！活该挨骂！"

我好不容易摆脱了外公，又被医生给逮住了。他抓着我不放，唠叨了一个小时，不停地说，用错药会有哪些可怕的后果。他训我，我就听着，一面低头盯着地板一面听。地板上到底是什么图案呢？我装出一副认真听教导的样子，不过心思又转到了韦叔叔身上。

我答应了韦叔叔，今晚给他送货，也会捎带上他要的消化药，因为他跟我说他觉得烧心。多亏了韦西莱姑妈，我知道烧心该吃什么药，韦西莱姑妈也烧心，而且她还怀着孕，她能吃的药，给韦叔叔吃肯定没问题。我暗暗祈祷，医生可千万别翻我的口袋，他一翻就会发

现。里面有我要给韦叔叔的药。医生接着又训了我一会儿，然后终于结束了。

"好好念书，等你当上了医生，再来给病人开药吧。"他说。

"老天，不用学，我已经可以当医生了，而且还比你这个医生更厉害。你的病人这不是都来找我了吗？你看看卢阿姨！你再看看梅阿姨，她现在走路腿脚多灵便。"我真想这么说，不过当然没有真说出来。我向医生道了歉，然后离开了。

大人最喜欢有人跟他们道歉，所以我很痛快地道了歉，因为不能再浪费时间了，韦叔叔肯定烧心得厉害。

韦叔叔是个单身汉，住在村子外面，他没什么家人，一个人过日子。他的家离村子很远，家里养了很多条狗，有一个树屋，还有一座坟。**真的有坟，没骗你！**

他没有把父母葬在村里的公共墓地，而是把他们埋在了自家花园里。以前每次去他家，我都很害怕，你想想，在林子深处，有一大群狗四处游荡，花园里还埋着两具尸骨……尽管如此，我还是很喜欢韦叔叔。我前面说过，他是我最喜欢的顾客，买的东西里每次都有饼干和橘子味汽水这两样，我把东西给他送到家里，他每次都会请我喝一杯汽水。我们两个人，坐在树屋里，一起喝汽水吃饼干，饼干我只拿两块，绝不多拿，因为我希望他自己能多吃点儿，**想吃多少就吃多少**。

他不怎么说话，却很善于聆听。我会跟他说各种各样的事情：有村里发生的事情，也有我在杂货店或者咖啡馆听到的事情。每次我一开口跟外公说话，外公总是让我闭嘴，这种情形都不知发生过多少次了，跟外公截然相反，韦叔叔从来没有说过让我闭嘴这种话，没有外公在旁边，我心情很放松，跟韦叔叔聊天聊得也非常尽兴。

我把医生来店里那天发生的事情也跟他说了。"医生夸奖了我，说他就没遇到像我这么聪明的孩子。'这些年我们一直做得都不对，让大家来诊所，让他们去医院做更多的检查，给他们开处方，让他们去药房……不仅病人和老人疲惫不堪，我们也很累。你的办法太棒了，在杂货店里提供各种医疗服务，这样大家就不用又跑医院，又跑药房的。'"

"他还让我代他向您问好。"我又加了一句，然后把管烧心的药递给他。

韦叔叔一边听我说话，一边把面包撕成小块，喂给狗吃。吃完东西，我为他的父母做了祷告，别人都说我没有礼貌，不过我至少知道在别人坟前，记得祷告。

回家的路上，我突然想到，要是医生再问我一回长大以后要做什么，我就告诉他，我要做韦叔叔。

住在森林里，一个人过日子，这是多么惬意的生活呀。

没有外公吹胡子瞪眼，也没有妈妈催你吃饭，没有医生，没有梅阿姨，也没有卢阿姨。

没错儿，要是能过着跟韦叔叔一样的生活，一定是最开心的。

巧克力到了

在杂货店当学徒，最酷的一件事就是，我可以随意进出送货的大货车。店里出售的所有商品，都是由大货车送货上门的，货车每隔十到十五天来一次，把订购的东西送来，同时看看店里有什么新的订货需求。

送货车就仿佛一个流动的杂货店，你可以上车，指出哪些东西是你需要的，上一次进货卖不动的商品，这次就不再进货。这些事情都是常规工作，真正的好戏在后头：有时卖家会问外公，要不要尝一下新产品，这时外公就会喊我过去，让我"尝一尝，**然后决定店里要不要进一些试试**"。

这是多么神奇的一句话呀！听到这句话，我就会从一群朋友中间走过去，到货车上，成为头一个品尝某种巧克力棒新口味的人，我会仔细品味，然后给出意见：

1. **味道很不错，咱们进一些试试吧。**

2. **我不喜欢这个味道，店里不应该进货。**

你可以想象一下，村里孩子能吃上什么巧克力，完全取决于我的决定。如果我说这种我们不进货，他们就完全没机会吃到这种巧克力，不过因为其他小朋友都没有机会当裁判，所以我从来没有对任何一种新巧克力说不，"很好，咱们进一些吧"，这就是我对所有巧克力的判断。但凡有新口味的，总是头一个卖断货。我们很少有新货品，所以偶尔有一次就很稀罕，而且孩子们对店里的其他东西早都腻了。

对于整天坐在店门口的孩子们来说，能吃到新口味的巧克力，是一件非常严肃、非常重要的事情，而正是因为我，大家才有这样的机会，这感觉真是太酷了！

有一天，我又在货车上试吃新巧克力棒，突然意识到，我的行为对村里其他小孩子来说，太不公平了，而且也太自私了。而这都是外公的错，店里卖的都是他想卖的东西，孩子们吃的都只能是我想吃的东西，这样不好，我必须改变这种现状。现在我需要一本**笔记本**，这个简单，我们店里笔记本**要多少有多少**。

每当临近开学，外公就会把几层文具货架清理出来，然后摆上铅笔、圆规、笔袋、墨水和钢笔等等，学生上学会用到的东西，我们基本都有。笔记本很占地方，所以开学几周后，我们会在货架上留下一些，把其余的放回仓库。

一年前，外公让我把一箱笔记本放到仓库里，那时我还不是他的学徒，只是他的外孙女，所以那时必须听他的话。我把箱子拿到仓库，看到有一个空地方，就把箱子放下了，那之后我再也没有进过仓库。

一年以后的今天，外公让我去把那箱笔记本拿出来，摆在货架上，于是我进了仓库，结果看到笔记本上落了一层灰，因为箱子没有盖盖子。这要是给外公看到了，肯定又要骂我一顿，于是我赶紧行动，想把笔记本上的灰擦掉。最顶上的两本实在太脏了，封皮的颜色都完全看不清了，于是我把这两本放到一边，心里想："等下找个合适的时候，把这两本烧掉。"我接着拿下面的笔记本，越拿心越凉，这下麻烦大了，我闯大祸了。"我今天要没命了。"我心想，或许我可以逃回家，不过更有可能是外公把我赶出去，不管怎么样，反正肯定没有好下场。

我闯了祸，是因为有老鼠钻进了箱子，把笔记本都啃坏了，而且是每一本都没放过！外公又在外面喊我，让我把笔记本拿出去，不过我因为太害怕，根本动不了。

突然间我听到了呼吸声，是外公的，他竟然进来了，就站在我身后。

老鼠把笔记本都啃坏了这件事，至少有一方面对我有利，既然老鼠有本事把笔记本都啃坏，那么它当然也能先把纸箱啃坏，然后接着再啃里面的笔记本，所以忘记盖盖子这个事情，并不是主要原因，因此我也不应该受到责备。笔记本被啃坏，说到底都是**外公和老鼠**的错，是外公决定要把笔记本放在这儿，所以才被老鼠啃了。我得抢在外公之前行动，把自己从这桩祸事里脱离出来，于是我转过身，非常沉着地质问外公：

"外公！你看看你都干了什么？是谁说要把笔记本放仓库里的？这下糟糕了吧，老鼠把笔记本全啃坏了，**咯吱咯吱**。"

我问了外公一连串儿问题，抬头一看，**外公正两眼冒火**，于是不等他说什么，我赶紧跑了，背后传来了外公的怒吼，不过听不清说的是什么。我的行为太大胆了，哪有人敢责备自己的外公，还是在他开的店里？店是他的，他愿意让老鼠啃坏笔记本，谁都管不着；要是他愿意，就算他自己把笔记本都吃了，也没有问题。

关我什么事儿？

最后外公去买了新的笔记本回来，他说那些旧的没法儿卖了，不过还能凑合着给家里的孩子用。家里的孩子是谁，就是我和亲戚家的孩子们，好嘛，他忘了给箱子盖盖子，明知道仓库里有老鼠，还把笔记本放在那儿，结果呢，最倒霉的是我，要在学校用这些老鼠啃坏了的笔记本。

外公真是太有才了！而且还这么任性，**想干什么就干什么。**

每周六外公都要去集市，会把我留下看店。自己出门让别人帮忙看店，看来是惯常的做法，于是那个周六我叫了一个表亲来替我看店，自己出门了。店里的商品都有标签在上面，我也只是出去半个小时而已。

我载着老鼠啃坏的笔记本，走街串户，给村里每一家都送了一本。我还字斟句酌地写了一段话，并背了下来，每到一家我就说：

"我们杂货店很高兴为您服务，为了进一步提高我们的服务质量，请在这个笔记本上，写下您希望我们进哪些新货，也请写下您的投诉与建议，您的宝贵意见对我们非常重要。"

我爸妈带我去游乐园那次，我们在里面的一家餐厅吃了午饭，在餐厅里我看到过类似的意见表。之前说过，我很喜欢读各种产品包装还有广告，那家餐厅的桌上有张顾客反馈表，上面的内容就是这些，当然我稍微做了一点儿修改，使内容更符合杂货店的情况。

赶在外公回来之前，我紧赶慢赶回到了店里，

虽然累得气喘吁吁，不过至少我把那些笔记本都送出去了。而且，了解顾客的想法确实是非常重要的事情。

一周过去了。一天早上，我刚到店门口，就发现外公站在门前等我。他两手背在身后，跟我说话，问了我一堆问题，比如："你妈妈在哪儿？""你为什么迟到了？""你爸爸已经去上班了吗？""你爷爷起床了吗？"我老实回答了所有问题，可是他还是挡着不让我进去。他手藏在背后，我也看不到他手里有什么东西。

也许外公要给我一个惊喜，所以把礼物藏在了身后？不过这太不像他的风格了，惊喜什么的，只不过是我白日做梦罢了。

我实在等不及了，于是干脆去拉外公的手，说："让我亲一下您的手。"这样一来，我既能亲吻他的手，又能看到他手里拿了什么，还能趁机进到店里。不过当我抓住外公的手以后，才意识到自己犯了一个多么大的错误。

他手里拿了三本笔记本，都是被老鼠啃坏的！

"给你，这些都是给你的。"

"哦，笔记本多漂亮，是顾客们送回来的吗？"

"你自己看看上面都写了什么。"

"我们很喜欢杂货店，不过不喜欢店里的学徒。上周她跟我说，只能先买快到期的面包，只有这种买完了，才能买新鲜出炉的。我想退货一件过期的东西，她跟我说，她不能确认东西是何时过期的，也可能是在我家里过期了。她说我是故意把东西放在家里很长时间，等过期了才来换新的。我们希望店里的人能更有礼貌一些。"

"你觉得顾客对你的评价怎么样？"

"谎话连篇！都是胡说八道！我知道这人是谁，是哈基对吧？是不是住在我家后面那条街上的哈基？他老是想赊账，可我不同意，所以他才对我不满，一肚子气，想方设法污蔑我，*而你竟然相信他。*"

"孩子，你为什么给大家这些笔记本？你疯了吗？你为什么老是做这些奇怪的事情？他们写了一大堆意见，他们巴不得有这样的机会。老实说，谁会去问顾客想要什么？"

"每个商家都应该了解顾客需要什么，我只是让他们回答了一些问题而已。再说我有什么办法？你把那些被老鼠啃坏了的笔记本都塞给我，我怎么把这种破烂本子带到

学校去？别的孩子都在用漂漂亮亮的新本子，要是他们都嘲笑我怎么办？他们会说：'快看呀，那个女孩子竟然用那么破的本子。'老鼠把笔记本啃坏了，难道是我的错吗？是我让老鼠去仓库里啃坏笔记本的吗？你老是对我发脾气！你们所有人都这样对我！什么都是我的错！*那些，那些，破……本子……*"我哭了起来。

每次我一生气，就忍不住要哭，我也不想这样，不过有时候哭确实有用，因为我一哭，争吵基本就结束了，这次也一样。不过哈基现在上了我的黑名单，我发誓总有一天要他好看。

池畔老人

　　杂货店就在清真寺的门口，只要清真寺一发出召唤，外公就马上去做礼拜，店里根本看到不到他的影子，要是赶上整日礼拜的，他就一整天都待在那里。村里的孩子们也要去清真寺，伊玛目会给他们上课。孩子们去清真寺的时候我不在意，不过出来的时候可不一样，因为他们从清真寺一出来，就会到店里来，买很多东西。

　　孩子们从中午到晚上一直都要待在清真寺里，等下课了才能来店里买东西，我对这种情形很不满。

　　于是我就跟来买东西的孩子说："让伊玛目给你们几次课间休息，你们整个下午都待在室内，这样对身体不好，哪怕只有两次课间休息，你们也可以到外面走一走，或者来店里买点糖吃，然后回去接着学习，就算是学习很重要，也应该时不时出来透口气呀。"

　　有段时间，一有孩子来买东西，我就跟他们说这些话，最后终于达到了目的。一群孩子一起大喊的话，声音能把房顶都掀起来，所以听到孩子们一起喊"休息，休息，休息"，伊玛目真的生气了，然后就开始调查，到底是谁搞的鬼，结果没用多久，他就找到了罪魁祸首，因为孩子们很快就把我给供出来了。

那天下午，伊玛目跟外公一起来了店里。

"哈吉，这孩子整天待在杂货店，这样可不好，也应该让她到清真寺来学习，学习对她没坏处。"伊玛目说。

外公好像一直盼着有人这么说似的，所以伊玛目一来，他简直迫不及待，立刻就同意了。

"当然，我们会让她去的。"

当然，我们会让她去的？

可是都没人问问我是怎么想的吗？

我的想法呢？是不是应该问问我愿不愿意去呢？真主啊，当外公真是太开心了，可以随心所欲替别人做决定，**简直跟国王一样**，全世界都得听从号令。

他们第二天就让我上学去了，昨天我还在等外公从清真寺出来，结果今天就轮到我自己，等着盼着从清真寺出去。

而且没有课间休息！ 我这真是搬起石头砸了自己的脚。

上课根本学不到什么，因为孩子太多了，伊玛目根本顾不过来，没法照顾每一个学生。每次轮到我，我就飞快地背完三段祈祷文，然后回到角落里，接着用巧克力包装纸做书签。

我都快无聊到爆炸了。

有一天，伊玛目让我们**扫地**，别的孩子都站起来去拿笤帚，不过我没动。我一辈子都在扫地，打扫杂货店，打扫咖啡馆，现在还要打扫清真寺，我可不干，我小声嘀咕："反正我不扫。"我们也去上学，可从来没人要我们扫学校的地，所以为什么在暑假里要帮清真寺扫地？最后不光我自己不扫，我还说服别的孩子也不扫，**反正连课间休息都没有不是吗**？

我上课一直不停地说话。过了一周，伊玛目终于受不了了，把我还给外公，还跟外公说，再也别让我去清真寺上课了。外公对这个结果似乎一点儿都不意外，转而帮我找其他的补习班。

"许斯尼耶女士可以在家里辅导你，你去她那儿上课吧。"外公说。

我喜欢许斯尼耶女士，她有时会来店里买东西，是个很爱聊天的人，于是我答应了。每天早上去上课以前，我都会认真地清洁沐浴，先净面、净手、洗胳膊、洗头洗脚，再清洁鼻孔，戴好头巾，最后带上《古兰经》，走路去她家。我特别希望她能看出来我是认真沐浴过的，可惜她一次都没有表扬过我。她年纪大了，经常要上厕所，然后回来继续给我上课，糟糕的是，她自己上完厕所后，从来不认真做净礼，这根本就不对！简直就是跟我学的礼仪背道而驰，每天回家我都要为这事跟家里人吵架。

我大叫："她教我《古兰经》，自己却不遵守净礼，这算什么老师啊？我要怎么跟她学？怎么学？"教我的礼仪，自己都不遵守，这样的老师我没法儿继续跟她学习了。外婆说，给我找的老师我都不喜欢，这样下去，我真要变成一个字也不识的野孩子了。我使劲儿扯着自己的衣服，大吼："要是只能学这样的东西，那我宁可什么都不学！"说完我就跑去爷爷家，结果还没待两天，外婆就因为想我而屈服了。外婆和妈妈都是容易心软的人，最后他们同意给我换老师。

"这样确实不行，"外公说，"要是她一上课回来就不停抱怨，还不如不去。今天晚上我再跟穆罕默德老师说说，让她去他那里上课。"

这人我知道，是一位很严肃的老师，总是坐在窗前往外看。他的房子在湖边，上完课，我还可以去湖边玩玩。

"他可以，"我回答，"我愿意跟他上课。"

我确实去了，也很努力，这次我是认真的，打定主意不再半途而废。可是，我发不上来阿拉伯语"ayn"的喉音。我是真的做不到，他想尽了办法，也教不会我这个发音。他坚持说，要是不学会这个发音，就没法学习接下来的内容，我觉得他说得没道理。我在家人面前辩解说，就算不会发"r"这个音，我还是会说土耳其语呀。虽然我一点儿都没错儿，可他是老师，所以我当然只能听他的，过了一个月，我又不去上课了。

家里人跟我说，**村里饮水池旁住的老人**，是我最后的机会了。

"那个老头儿？他年纪太大了吧？还能教课吗？"我说，不过他们已经决定了。

"你就去他那儿上课吧，让他教你《古兰经》，没学会别回来，因为我们再也找不到别的老师了。"

于是我就去了。

他真的年纪很大了，一把白胡子，一双蓝眼睛，是一位睿智的老人，好像是从童话故事里走出来的一样。我每天早上去上课，每次一学完两个字母，他就开始给我讲他小时候的故事。他太老了，唯一记得的事情，就是他自己的童年。他讲的故事非常有意思，我本来就爱听故事，他的故事让我感觉好像在听一个古老的传说，随着他的故事，我仿佛穿越时光，在别的世界游历。他讲着讲着，过了一会儿，就睡了过去。

他一个人住，年纪又大了，所以他睡着的时候，我就帮他打扫屋子。每次走之前，我都会从他的糖果盒里掏一块糖，在村里四处逛逛，然后回杂货店。他很开心，我也开心！我终于找到了适合自己的学习生活。

不过好景不长，有天晚上，我们有家庭聚会，一大家子人都在一起吃晚饭。我一直都不喜欢这种家庭活动，因为一大群人聚在一起，躲都没地方躲，无处藏身。我爸妈又开始唠叨我，奶奶和外婆在旁边不停地附和，姑姑和姨妈有时也来说我两句，七嘴八舌的，搞得我头晕。不过我想，只要等下我老老实实吃饭，也许就能躲过一劫，于是我不吵不闹也不出声，安安静静地吃饭。

外公说："孩子你过来，今天你带领我们祈祷。"

我瞪着他，感觉就像一个不用功的学生，突然被通知要考试，考的还是没学过的内容。

妈妈推了推我："赶紧的，别害羞。"

"你不会是不知道该说什么祷词吧？"外婆问。

"不会吧，不可能，那位老教师肯定还是教了她一些东西的。"奶奶说。

接着姨妈也问我："你是不是逃课了？"

简直糟透了！我看着姑姑，**急得快哭了**。我眼泪汪汪，心里不停向她求助："赶紧帮帮我，真主会保佑你，让你与你心爱的人在一起。"感谢真主，她听到了我的无声祈求。

她说："她当然学了一些，不过可能她想用不同的祷词。"

我心里默默赞扬了她的机智。清了清喉咙，我开始祷告：

欢迎一起来吃晚餐，

请不要用太多的盐，

不要在豆子汤里蘸面包，

泡菜要多吃点。

我们今天能聚在一起，

这感觉比任何甜点都更甜。

希望孩子们都快快长大，

而长辈们都一直年轻。

希望能蒙真主圣恩，

我们一家人一直相亲相爱。

我说完了，一桌子人目瞪口呆，鸦雀无声。已经到九月了，马上就要开学，整个夏天我一直在不停地换老师，结果夏天都过完了。爷爷实在看不下去我尴尬的样子，说：

"算了算了，明年夏天还是送她去清真寺学习吧，反正今年夏天已经这样了。"

姨妈把饭后甜点端了出来，这个话题总算结束了。

我觉得我自创的祷词还不错，于是就把它抄录到笔记本上了。

住在德国的
土耳其人

夏天的时候，经常会听到有车一路按着喇叭，开进村里。他们从村外边儿就开始按喇叭，然后进村，接着一路按到家门口。村里人都会跑出来看热闹，我也会跑到门口，看看到底发生了什么事。

一看才知道，我们村那些住在德国的人回来了，他们每年夏天回来度假，喜欢用按喇叭来表达回家的喜悦之情。

这些从德国回来探亲的人里面，我最喜欢易卜拉欣叔叔，他是外公很要好的朋友。平时外公一天来店里一两次，易卜拉欣叔叔一回来，他就完全没心思管店了，只顾跟易卜拉欣叔叔出去，两人一起在傍晚散步聊天，外公每天喜气洋洋，**过得非常开心**。

我很喜欢易卜拉欣叔叔，所以外公因为他回来，把店扔给我，我一次都没抱怨过。易卜拉欣叔叔每次都会给我带德国的巧克力，是一种牛奶巧克力，里面有整粒的大榛子，而我们店里卖的巧克力，里面是没有榛子的。我知道得这么一清二楚，是因为我有个习惯，前面也提过，就是喜欢看产品包装:什么明胶、卵磷脂、菜油、乳清蛋白……这些成分里，明胶听上去最难吃。吃巧克力的时候，一想起里面的成分，我就觉得恶心，不过即使这样也不会停下来，还是会接着吃，可见我是多么贪吃呀。

有一天，外公和易卜拉欣叔叔又出去散步了，我也出来坐在店门口，吃我的牛奶榛子巧克力，店门口还有其他的小孩儿，于是我把巧克力拿出来分给他们，一人一块。我很清楚，这么一小块巧克力，根本不够他们塞牙缝儿，等他们吃完这一小块，肯定要到店里买别的巧克力。不过还没等有人开始买，一个从德国回来的孩子跑了过来，看到门口的我们，他停了下来。

"我要办一个生日派对，你们要不要来玩儿？"他带着很重的口音，问我们。

我们当然不会错过这种好事。事实上，我们从来没参加过生日派对，农村很少有办生日派对的习惯，不对，我要纠正一下，是我们村从来没人办生日派对。我们都立刻答应了邀请。

"我们要来！"

其实等这些孩子一回德国，我们就会学他们的口音，拿他们取乐。没错，我承认，那时候我们这些小孩儿，可真说不上善良纯朴什么的。

第二天，我们都去参加生日派对，他爸妈给他买了很大的一个生日蛋糕，对我们来说，**简直太豪华了**。

我们平时知道的蛋糕只有一种，就是饼干加布丁做成的布丁蛋糕。我妈这种人很在意卖相的，会把饼干和布丁混合均匀，营造出层次感，再撒上糖霜，吃的时候一口咬下去，会感觉脆脆的。至于那些不在意卖相的妈妈们，一般都是直接把饼干捣碎，然后把布丁往上一倒，搅一搅，放冰箱里冻一下，马赛克蛋糕就这么做好了。

不过这个生日蛋糕可不一样，蛋糕上面还有**蜡烛**，我们都目不转睛地看着蛋糕，这家人还买了汽水和柠檬水，还有别的好吃的，真让人目不暇接。

那天在生日派对上，我们就是一直吃一直吃。其实早上我在店里已经吃了一堆垃圾食品，不过还是把生日派对上的东西都吃光了，我绝对是大胃王，他们还给大家准备了很多很多德国巧克力，我们也都吃完了。

回家的路上，有几个孩子一直说，要是我们也能办这样的生日派对就好了，说得大家都有点儿沮丧，于是我让孩子们都在店门口站好，逐一记下了每个人的生日是哪天。我产生了一个非常疯狂的想法，决定从今以后，我们自己也要办生日派对，最早的一个是许利亚，她的生日就在两天后，我们要给她办生日派对，两天的准备时间应该足够了。

我需要人帮忙，就找了姑姑，她一定会帮我，我去跟她说了这个事情。

"有一个小姑娘，特别可怜，生日快到了，她最大的心愿就是能有人给她庆祝一下。我可以给她准备零食，不过我想请你帮忙，给她做一个蛋糕吧。就让我们一起努力，让她度过快乐的一天，真主会保佑你，总有一天，你会与心爱的人终成眷属。"

于是她答应帮忙，我从店里给她拿了牛奶、可可粉、饼干和其他需要的材料，让她帮忙做蛋糕。

不过最麻烦的是找场地，我没法儿请大家到我家里来，因为上午的话，连我都不敢在家里待，他们肯定也不行。"别把东西弄乱，别碰那个东西，你要把那个弄坏的，不要，老实待着……"不行，我家不合适。

我去找了易卜拉欣叔叔。

"我爷爷跟我说，他非常羡慕您和外公总是一起去散步，他说希望您偶尔也能叫上他，让他也活动活动腿脚。可怜的爷爷，下次请您也邀请他一下吧。"

他哈哈大笑，然后就去邀请了爷爷，于是爷爷嘱咐好服务员照顾咖啡馆，安排好以后就出门了。我大喊："别担心，有我在呢，我会把咖啡馆照顾好的，你们去散步吧，**玩得开心！**"

他们就走了。

我先把杂货店的门锁好，从姑姑那儿取了蛋糕，然后跑到咖啡馆。我跟服务员说，爷爷知道我要在这儿办派对。其实爷爷不知道，不过反正等他回来就知道了，而且我想出了这么好的点子，他还会夸我呢。

我先把咖啡馆里的桌子都挪到了一起，我还从杂货店里拿了一堆气球和彩带，都通通装饰到了墙上，这时，许利亚和别的孩子一起走了进来，她眼睛睁得很大，感动得差点哭了。我们真的在给她过生日，而且还是**免费**的。我没打算跟她收钱，因为这次算是试验，要是成功了，以后的生日派对就要收费了。不过我仔细记下了孩子们都喝了什么东西，等派对结束后，要跟他们父母收饮料的钱。蛋糕是免费的，饮料却不是。

我们玩了一整天，特别开心。我把杂货店锁上了，不去担心那边儿的事，有时候也得给自己放个假嘛。

傍晚的时候，三剑客回来了：爷爷、外公，还有易卜拉欣叔叔。

爷爷一回到咖啡馆，就被里面的情形吓了一大跳，问我发生了什么事情。

外公问我谁在照看杂货店。

爷爷说："天哪，你怎么把这儿搞得这么乱！"

外公看着我说："都是你的主意，对不对？"

孩子们一个接一个溜走了，剩我一个人站在咖啡馆正中央，易卜拉欣叔叔躲到了一边儿，不打算参与我们的家务事。

"都怪那些德国回来的人！他们回来不但一路拼命按喇叭，还给我们一大堆坚果巧克力，还……还办生日派对……我们也想要生日派对。**我们就不是人吗**？以后再不准他们回来了，我们店里没有巧克力吗？易卜拉欣叔叔，你干吗还给我带巧克力？啊？干吗带？"我语无伦次地大喊。

没人听明白我在说什么，这时清真寺响起了祈祷的召唤。

感谢您，真主。因为听到召唤，几个人都跑去清真寺了，我把又脏又乱的咖啡馆丢给服务员，转身跑掉了。我才不要操心打扫的问题，咖啡馆的服务员自己可以把咖啡馆打扫干净，杂货店每天不都是我这个学徒打扫的吗？

他应该感到庆幸，至少超级爱干净的许奶奶，不来咖啡馆检查卫生。

我的船长叔叔

诚然，我小小年纪就开始工作了，所以每天大部分时间都是在上班，不过我还是有一些闲暇时间的。有时候外公会突然心血来潮守着店不出门，他会一直坐在自己的椅子上，只有去清真寺礼拜的时候，才匆匆离开一下。除此之外，他一整天都在店里，一直坐那儿，几个小时不移动地方。我特别讨厌这种时候，外公在店里的话，我什么都不能吃，而可以吃东西，才是我当学徒最大的动力，而且**我也需要营养供给我的大脑，这样才能有力气工作**，可是呢，外公就是不走。

这种时候就是我的休息时间，我什么也做不了，只能**懒洋洋地**坐在糖箱上，或者我会说："好吧，既然你不走，那我走。"然后就离开杂货店，出去跟别的孩子玩一会儿，不过大部分时候仍旧是在无聊地发呆。要是我回家的话，肯定不无聊，**因为根本没时间感觉无聊**，妈妈会一刻不停地指挥我：

“起来帮我做晚饭！”

“起来帮我洗碗！”

“做这个！”

“做那个！”

“把这个放到那边儿！”

我很清楚，在家里我根本躲不开我妈，所以最好是干脆就不出现在她面前，于是我去找船长叔叔。他是我外公的邻居，虽然叫船长，但是他没有船，没有舵，也没有船员，之所以会有船长这个外号，是因为他以前当过足球队长。我对他当过船长还是队长什么的，不感兴趣，我感兴趣的是他那一柜子书，他买的报纸每周都有赠书，而这些赠书都放在了书柜里。

其实这些书我在店里都看过一遍了。前面说过，报纸都是一早送来，外公会把别人订的报纸都先看一遍，我呢，竟然越来越像外公了，我也把订报纸赠送的书都先看一遍，然后我会去有报纸赠书的顾客家里，把看过的书再看一遍。我总是往船长家里跑，去重读那些书，因为希望有一天他会把这些书都送给我。有时我会一大早就过去，太阳刚刚升起，就盼着他受不了我的骚扰，然后说：“把这些书都

拿去，赶紧回家吧！"类似的计划我还有很多，有时我会大声朗读，有时我会躺在地板上看书，我还会挑不该出现的时候去，比如，他们家里有客人来访，我就去客厅坐着，开始看书，期盼着他觉得不耐烦，然后把我和书一起从家里扔出来。不过他从来没有不耐烦过，他是一个无比有耐心的人。

因为他就住在我家隔壁，所以妈妈要找我很容易，只要大喊一嗓子："你又跑哪儿去了？马上给我回来，赶紧的！"只消一分钟，我就能跑回家。

爷爷去买东西的时候，有时会带上我，或者应该说，我一觉察他要出门买东西，就赶紧抱住他的腿，**求他带我一起去**。

"带你去也行，不过我有一个条件，你不能闹着要我给你买东西。"大人们都是这样，做点好事就要讲条件。

我答应不要东西的话，他就会带我去，不过会一直折磨我：他会在玩具店门口停下来，慢慢悠悠地系鞋带；然后他会在面包店门口停下，又系一回鞋带；在裙子店和棉花糖店门口，再系一遍鞋带。不过一路上我都咬牙坚持，绝不开口要东西，因为我答应了不要东西。看到我能遵守诺言，爷爷反而会心软下来，回来的路上会给我买玩具，还给我买棉花糖，所以呢，最后的赢家还是我！

那天，我跟在爷爷屁股后面，先去了市中心，然后又去了一个地方，见到了好多看起来很有身份的人，这个人是负责什么什么的地区主管，那个人是另外一个什么的主管。

有一个人是负责教育的地区主管，手里拿了一袋子书，他问了我别的大人已经问过一千遍的问题：

"你长大以后要做什么？"

这种送上门来的好机会，我怎么能放过？

"我要当负责教育的地区主管！"听我这么说，他似乎吃了一惊。"不过我不知道怎样才能实现这个梦想，因为我一本书都没有，家里人不给我买，我只好每天去船长叔叔家里看书，把他家的书都背下来了。"说完以后，我开始背看过的一套书，开头是这样的：

"一到下雨天，艾谢居尔和詹就喜欢在阁楼里玩儿。"我才背了一句，就被打断了，他说我不用继续背了，然后对爷爷说了很多，什么"孩子还是应该读书，读书很重要，你们都不给孩子买书吗？"等等。说完他从手中的袋子里，拿出了五本书送给我，还让爷爷带我去书店。目的达到了，**我偷偷松了一口气**。其实，如果我缠着爷爷，让他给我买书的话，他最后也会给我买，不过我觉得还是现在这个办法更好。

爷爷在书店又给我买了五本书，这样一来我总共有十本书了，**这下我终于放心了**，有自己的书看，我就再也不会觉得无聊了，而且也不用再惦记船长家的书了。糟糕的是，只用了一个星期，我就把这十本书都看完了，而且也找不到机会再让大人给我买书。只有一个办法，就是把已经看完的书卖掉，用卖书的钱再去买新书。村里**没书看的小孩**可不止我一个，事实上其他的孩子家里都没有书。船长的报纸赠书我给扣下了，有两周都没给他了，不过要是他哪天想起来了，来店里问的话，只要我还没把书卖出去，就会还给他。

我拿了一个大袋子，平摊在地上，把书摆在上面，开始在街上**摆摊儿**。我剪了一块纸板，在上面写下"书籍是心灵的食物"，不过马上犹豫了一下，我们村里奇怪的孩子很多，肯定有人会误解我写的这句话，以为买了书，以后就再也不用到杂货店买好吃的了，于是我改了一下："**书籍是心灵的食物，不过你也应该买巧克力棒。**"他们应该买书，也应该买巧克力棒，这样我就能两者兼顾了。

我卖掉了两本书，而且收了双倍的价钱。通常情况下，二手书更便宜，不过在我们村里，不用遵循这个惯例。要是孩子们想去别的地方买书，那么就去正规的书店买好了，在我这儿买，就得付我开出的价钱。这时爷爷来了，狠狠瞪了我一眼，仿佛在说："原来是这样，你为了卖书挣钱，竟然不惜让我在地区主管面前出丑是吗？"

他说："要是你一直这样，净搞一些歪点子，当地区教育主管什么的，就别想了。"我正想着怎么说才能好好反驳他一下，这时外公和船长也来了。外公看到地上竟然有船长的两本赠书，就说："这些不是船长的书吗？"船长啊船长，没想到你竟然这么小气，就两本书还这么巴巴地赶来讨要。我刚解释一下,结果爷爷说:"你看你教她做生意,教得可真好，她设计我，帮她买了书，现在又拿出来在你店门口卖。"他这样说我外公，外公也生气了，我好不容易才保住了自己的书，卖是不能再卖了，不过或许以后我可以开一个图书馆，当然，是要收门票的那种……

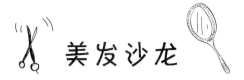

美发沙龙

　　我尝试的事情，没有一样成功。为增加生意所做的努力，每一次都以失败、心碎而告终，除了证明自己是个傻瓜，没有任何收获。

　　樱桃汽水没人感兴趣。

　　巧克力酱里的祝福，反而让大家生气。

　　瓜子提前包装的计划，还没推出就流产了。

　　我辛辛苦苦设计的贺卡，都没人愿意看第二眼。

　　我绞尽脑汁想出的蜡烛销售方案，也在外公的反对下，被迫放弃了。

　　还有哈基，我只不过是想提高我们的服务质量，却招来他的一顿投诉，外公抱怨我的各种不是，村里的人，没有一个有生意头脑，也没有一个有幽默感。

　　最不懂做生意的两个人就是开杂货店的外公，还有开咖啡馆的爷爷。两个人都是胸无大志，结果村里最重要的两项生意，却由他们在经营，真是不可思议！

我下了决心，以后要自己做生意。

我去咖啡馆，洗碗、招呼顾客、给他们拿汽水、收空杯子、修椅子，结果呢，得到了什么回报？

水果茶！

我去杂货店，扫地、来回搬箱子、招呼顾客、记账、强迫自己笑脸相迎，结果呢，得到了什么回报？

巧克力！

这世道，还有公平可言吗？

不管是在外公的杂货店，还是在爷爷的咖啡馆里，没人重视我的想法，在这种地方，我不可能干长久。最好的办法就是自己做生意，而我需要好好规划一下，我又把各种职业选择考虑了一番，有一些是我能做的，有一些我做不了。

我的备选名单上有以下职业：教书、警察，还有医生。这些是好工作，收入都不错，不过都不适合我。这些职业都需要经过长时间的学习，对我来说太耗时了，而且，我想找的是季节性工作，要夏天工作冬天上学，所以这些工作也不适合。再说，在这几个职业里，我的商业头脑没有施展的空间。我能做什么？卖本子给学生？卖手铐给罪犯？要是当医生的话，就必须得按照规定给病人开药，又不能为了赚钱多卖两盒，而且医生这个工作我已经试过了，还是以失败告终，最后我决定放弃这些职业选择。

或许我可以在村里开一家新店，能赚钱的，比如一元店，或者五金商店什么的。

不过外公还是比较有先见之明的，这些需求他多少都考虑到了，杂货店里有五金货架，也有廉价品货架，所以其实还真不好说，我们到底是一家杂货店呢，还是一家五金店呢？还是一家一元店呢？外公很聪明，杂货店兼营了各种商品，想要胜过他可不太容易，而且，他已经有很多老客户了，要是开新店跟他竞争的话，我肯定要赔钱。

理发店村里也有一家了，再开一家新的好像也不是明智的做法。不过我突然想到，村里是有家理发店没错儿，可是没有时尚美发沙龙啊！没有人给爱美的女士们做头发，所以村里的女人们都得去邻近的城市美发沙龙，她们跑来跑去挺折腾的，就让我来帮她们解决这个难题吧！

　　想出这个好主意后，我马上跑去找奶奶，奶奶是个裁缝，家里有很多剪刀，要是有一两把不见了，她也不会察觉。我拿了一把剪刀，先藏在了花园里，现在需要找到一个能给我练练手的人。

　　"奶奶，奶奶奶奶！"

　　"我在这儿呢，宝贝儿。"

　　"你还记得我那个长头发的布娃娃吗？放哪儿了？"

　　"你现在是大姑娘啦，为什么还要玩布娃娃？"

　　"奶奶，奶奶，我要玩过家家，就让我玩嘛，就一会儿，我好无聊呀，快帮我把这个娃娃找出来。"

　　要是告诉她，我要练习剪头发，她肯定不会同意的，所以只能撒谎。我快速地写下了《*如何应对大人：孩子需要注意的敏感事项*》的第九篇。

第九篇

大人会给你买布娃娃，可是不准你给布娃娃剪头发，或者化妆，他们买给你的玩具车，如果你要把轮子卸下来，或者在车里装满沙子，玩具车就会被收掉。

对大人来说，娃娃就是娃娃，车就是车。你可以给娃娃梳头，但是不能给她剪发。可怜的大人们，竟然这么习惯于循规蹈矩，心甘情愿地被不知道什么人发明的规则紧紧束缚。

没费什么劲儿，奶奶很快就同意了让我玩布娃娃，她把娃娃收在了壁橱里，我去拿了出来，然后拿着娃娃去了花园。我先梳了梳娃娃的头发，然后开始剪头发，结果剪得太短了，像个男孩子。这个新发型不太成功，不过毕竟这是第一次尝试，总要有一个学习的过程。这时奶奶过来了，看了一眼布娃娃，吓得倒吸了一口气："你在捣什么鬼？！"

我理直气壮地说："娃娃是我的，我干什么你管不着。"

"没人说娃娃不是你的，不过你为什么要把她的头发给剪了？你这是什么毛病？怎么总是这样闹腾？哪有人是这样跟布娃娃玩儿的？这些剪下来的头发要怎么办？看看你把这儿弄得多乱！你妈妈在哪儿？"她连珠炮似的问了一串儿问题。

奶奶一直都这样，只要她一开始发问，没人能跟得上她，因为她压根没留给你回答问题的机会，最好的办法就是赶紧溜走。我留下了布娃娃，带上了剪刀，赶快跑出了大门，奶奶还在后边喊："你拿着剪刀要做什么？你要去哪儿？**等等，那不是我的剪刀吗**？"不过就算她问再多的问题，也追不上我，我成功逃走了。

我去了米蕾家，她是我的好朋友，一个很可爱的女孩子，喜欢冒险，是帮我实现新计划的最佳伙伴，我得想办法说服她，让我给她剪头发。

"米蕾，我有一个大胆的想法，不过需要你帮忙。"

她疑惑地看着我。

"让我给你剪头发吧，好不好？我要开一个美发造型沙龙，你可以来当我的学徒，不过你的头发得先剪剪，因为咱俩的发型都要很时尚才行，这是开美发沙龙最基本的原则，你的仪表必须跟你的工作相称。比如，你看那些卖肉的，他们都长得膀大腰圆，你见过哪个卖肉的，长了一副瘦骨伶仃的小身板儿吗？当然没有，因为那样就不对了。要开美发沙龙，咱们自己的头发就先要看上去非常有型，好了，现在坐下吧。"

她被我说服了，因为我说的都非常**有道理**。我先给她洗了头发，之前我忘了给布娃娃洗头，估计忘了洗头是我第一次尝试失败的主要原因，因为其他方面都没什么问题呀：娃娃有长头发，我有剪刀在手，还是个造型师，所以呢，还有什么地方会出错儿？

我把她的头发分成三股，因为要营造出层次感，首先头顶一层，然后中间一层，最后底下一层，分好以后，我就开始动手剪了。

老实说，最后剪出来的发型，真的**很难看**，不过做生意的一条黄金准则就是，不能在客户面前说自己的产品或者服务很糟糕。

于是我说："米蕾，你看起来**太棒了**，这个发型特别

适合你的脸型。"

可是这下她不相信我了，看到镜子里自己的模样，她哭了起来。

"我要怎么跟我妈妈解释呀？"

妈妈们到底都给孩子们造成什么样的心理阴影啊？顶着这么难看的发型，她不是想，万一给朋友们看到了会有多糟糕，反而先发愁怎么面对自己的妈妈。

我悄悄溜走了，**她可能还要哭上好一会儿，不过呢，最后总会停下来**，我竟然慢慢变得跟我妈一样了。每次我哭的时候，她就会这么说我，我爸总想过来哄我，可是我妈都会阻止他这么做，跟他说不要惯着我，反正我哭着哭着，最后自己总会停下来。所以呢，等米蕾哭够了，也会自己停下来的，这根本不算什么大事儿，我要操心的事还多着呢。

我取了自行车，骑上以后使劲儿蹬，一心想着跑得越远越好。**我一直骑，一直骑，**最后骑到了爷爷奶奶家的玉米地才停下来。那儿有一口手压水井，我弄了些水上来喝了，然后看到玉米田对面有一棵大梨树，那边的地是韦达特叔叔家的。我摘一个梨吃的话，韦达特叔叔不会介意的，之前我把他的报纸剪了，他都没说什么，现在也不会因为我吃他一个梨就生气的。

于是我摘了一个梨吃了，真是太好吃了，特别甜，我就又吃了一个。吃完梨，我坐在梨树下想事情，我想起了一个故事，是翻我叔叔的课本时不经意看到的：一个苹果掉在了牛顿的头上，他因此受到启发，研究出了万有引力。那么我坐在梨树下，或许也能得到什么启发，想出好点子来。结果，真给我想出来了一个！一个足以改变我命运的好主意！现在我就要为自己的新事业打下基础。

我爬上梨树，开始摘梨子，摘了好多，我运气不错，因为水井旁边正巧有个袋子。我去拿了袋子，把梨都装在里面，用力拖着，回到了村子里。我把自行车留在地里了，因为实在没法儿和袋子一块儿弄回来。

那天是星期五。每逢星期五，村里总是很热闹，最热闹的地方当属清真寺门口，我可不会错过这个好时机。我背着袋子往家走，手臂痛死了，不过我还是坚持一路走了回来，然后从花园里找了一个筐，把梨都倒进筐里，又从杂货店拿了一些塑料袋。要是给外公看见我拿了塑料袋，他肯定会发火，我前面说过，他对塑料袋的态度很奇怪。我拿着一筐梨，还有塑料袋，来到清真寺门口，还给自己找了一个小凳子，一切就绪，我开始叫卖。

"甜梨！卖甜梨啦！比蜜还甜的甜梨！卖梨啦！"

头一个从清真寺出来的是杰瓦特，他走过来，拿起一个梨。

"好吃吗？"

"好吃，可好吃了，你没听到吗？我刚才一直就在叫卖说好吃呀！"

他拿着梨咬了一口。买之前尝一下，这我可以理解，你得先尝尝，才能决定买不买。

"你觉得不好吃吗？"我问。

"不好吃。其实我不爱吃梨。"

"不爱吃梨？那你干吗还尝，还吃了一整个？"我冲他大吼，不过他已经走远了。

紧接着，内贾蒂叔叔、卡迪尔叔叔、艾哈迈德先生、穆罕默德先生、雷杰普叔叔，还有哈桑叔叔，一个个陆续从清真寺出来，他们都拿起了梨咬了几口，不过都是尝尝，没人买，梨都快给他们尝没了。这时，爷爷和外公也从清真寺出来了，情况很不妙，他们过来问我在做什么。

"在卖梨，你们要几个不？"我回答。

我没有秤，没法儿称斤两，不过杂货店很近，要称的话，去拿一下也很快。不过外公问了一个我意料之外的问题：

"你从哪儿弄来的梨？"

我只能老实交代，说是从韦达特叔叔的地里摘的。

"你都没问过人家？"他俩问我。

"是没问，不过应该没事儿，他不会生气的……"我小声说。外公打断了我，大声吼道：**"孩子，你怎么总是这样？你到底是像谁？是我们把你教成这样的吗？"**

爷爷也开始训我：

"我们都烦透你了，"他说，"家里没人能受得了你！"

我呆住了。

一个声音不停地在我脑子里循环。

"烦透你了……"

我哭了起来，因为太受打击了，我一脚踢翻了梨筐。

"我也烦透了，"我说，"也烦死我自己了。"

我把拿来装梨用的塑料袋，一股脑儿都扔到外公身上，喊道：

"还给你！你的宝贝塑料袋！你都拿去，爱怎么用就怎么用吧！"

我一路哭着跑回家，奶奶和妈妈站在门口等我。

"你拿我的剪刀干什么去了？"奶奶问。

我还在哭呢，她却只顾着问我拿着剪刀干什么去了。

妈妈说，因为我把娃娃头发剪了，她要这样那样惩罚我。

我哭得停不下来，我也烦透自己了。

我到底像谁？

真的，为什么我总是这个样子？

我把自己锁在房间里，过了很长时间，也没人搭理我，他们大概真的不怎么关心我吧。要吃晚饭了，他们才来喊我，不过喊了几遍我都没出去。我今天闯的祸，估计已经有人跟我爸妈说了，要是我出去，他们肯定又要骂我一顿。

我一直哭一直哭，哭累了又躺到床上接着哭了一会儿，最后我从床底下翻出了笔记本，是我以前藏的，本来是为了防止别人偷看，不过后来我自己也差点儿忘了这码事儿。

我坐下来，写下了《如何应对大人：孩子需要注意的敏感事项》的第十篇。

第十篇

也许他们是对的，他们是大人，我是小孩儿，他们觉得我什么都不懂，什么管教也不听，不管做什么都是为了捣乱。不过总有一天，我要证明给他们看，他们其实错了。为了做到这一点，我需要努力学习，我要成为班级第一名，不对，要成为全学校第一名，然后上大学。到时他们一定会大吃一惊，会不停问我，我这么优秀，到底像谁……总有一天，他们要争抢着说："你肯定是随我，跟我最像，看着你就好像看到了从前的自己。"今天他们那些说"烦透"我了的人，总有一天要哭着求我……你们等着瞧吧……

暂别了，亲爱的笔记本。

我不能再浪费时间了，我有太多事情要做，我要快快长大，成为一个出色的人。

我把笔记本重新藏在床底下，离开了房间，安静地吃完我的晚餐。

就像大人们希望孩子做的那样。

多年以后……

  我在外公的杂货店做学徒，断断续续前后刚好二十个暑假。那些年，每年夏天我都在外公的店里帮忙。这期间生活发生了很多变化，不管是村里、店里，还是我自己。

  外公一年年老了，现在看报纸已经离不开老花眼镜

了，也看不清秤，所以称不了东西了。有很多我们以前卖过的东西，现在都没有了，比如，电话币这种东西就消失了——因为现在人人都有手机，也没有人再穿白袜子了，我们也不再用纸杯装冰激凌了，也没有人来问阿基夫水了。超级爱干净的许奶奶、爱头痛的卢阿姨，还有患风湿的梅阿姨都过世了，喜爱哈尔瓦酥糖的太婆婆也不在了。我很喜欢的易卜拉欣叔叔去世了，韦叔叔也去世了。村里的人把韦叔叔葬在了他家花园里，就在他父母的坟旁，有时我会去看他，在他墓前喝一杯橘子味儿的汽水。几年前，爷爷也把咖啡馆的生意交给别人打理，而我则很怀念曾经喝腻了的水果茶。

有聪明的人发明了樱桃汽水，果然不出我所料，樱桃汽水很畅销，我也会买。瓜子现在都是包装好了再卖，**果然不出我所料**。大家都对有机食品趋之若鹜，我也说过这是个好点子，而生日派对更是随处可见。要是那时大人们肯听我的建议，都早发大财了，杂货店二层也一定盖好了。

不过没人听我的建议也挺好，因为外公根本不可能同意扩建杂货店。

上个月外公给我打了电话，我一接起来，他就说："我要把杂货店关了。"

我有一堆问题要问他。

"什么？为什么？什么时候？发生了什么事？你还好吗？"

小时候通常都是他问我这些问题。

他说他觉得累了，店都开三十五年了。

"我现在要退休啦。早上起不来那么早啦，晚上也没法儿开到很晚，我很累，太累了。"他说。

"快承认吧，杂货店离了我根本不行。"

他哈哈大笑。

"我承认。你走了，把我一个人留下，应付这些麻烦的顾客。"

我现在生活在另外一个城市，我严格遵守了最后一篇文章里写下的计划，努力学习，努力工作，虽然没能成为学校的第一名，不过确实上了大学。现在我是一名作家，而家人们也确实大吃了一惊。

现在，以前那些喜欢问我**"你这样到底像谁"**的人，最喜欢说我**像他们**。

我可能心里觉得他们说得没错，不过绝不会告诉他们："没错儿，我是很像你。"

你以为我把以前的事情都忘了吗？**我都记着呢**。

孩子从来不会忘记发生过的事情，即使长大了，成了大人，也不会忘。

"孩子的心，也许会原谅，但是永远不会忘记！"

我外公——
杂货店老板
和他的杂货店

外公（老板）

外公在杂货店门口